NO FUE SU FINAL

Cuando los obstáculos son el escalón
a la cima de tu propósito

RICKY DEL RÍO

Ricky del Río

NO FUE SU FINAL

Cuando los obstáculos son el escalón
a la cima de tu propósito

RECONOCIMIENTOS

«Tuve el privilegio de sumergirme en estas páginas como quien bucea en arrecifes de coral. Te aseguro que «No fue su final» es más que un libro. Para muchos representará bálsamo sanador sobre la herida de un fracaso, para otros, supondrá una inyección de paz en su sistema nervioso central; pero para todos, será un dedo índice que señala a Jesús, quien toma las ruinas de nuestros peores errores y las transforma en una obra de arte. No saldrás de este libro siendo del mismo tamaño. Sin duda saldrás habiendo crecido».

—José Luis Navajo

No fue su final
Cuando los obstáculos son el escalón a la cima de tu propósito

Las cursivas y negritas en el texto son énfasis del autor.
Editado por: José Luis Navajo y Gisella Herazo

No fue su final
Cuando los obstáculos son el escalón a la cima de tu propósito
por Ricky del Río

ISBN: 978-0-578-27807-0

Diseño de portada: Ricky del Río

Impreso en Puerto Rico

DEDICATORIA

Irma Elizabeth

Este libro va dedicado a ti, amada madre, mujer valerosa, que dedicaste incalculables horas a nuestro cuidado, desarrollo y formación.

No tan solo me llevaste en tu vientre y me condujiste por el camino del bien, sino que en el momento más oscuro de mi vida, permaneciste siempre a mi lado.

Te admiro, porque a pesar de las dificultades, sigues fiel a Dios. Gracias por ser una madre excepcional, una suegra ejemplar y una abuela amorosa. Como resultado de todo eso y mucho más, hoy gozas del fruto de tu perseverancia.

AGRADECIMIENTOS

Hace muchos años, recibí una encomienda del cielo: «Escribe y guarda». Desde aquel momento, me fue dada una inspiración particular, una pasión para escribir canciones y documentar vivencias. Destiné tiempo de calidad y grandes esfuerzos a aprender el arte de escribir correctamente. No pretendo haber alcanzado el título de escritor, solo anhelo ser de inspiración para aquellos soñadores como tú y yo.

Me mantuve a la espera que algún día se abriera una ventana de oportunidades, que el cúmulo de experiencias se transmutara en algo más, pero el temor me detuvo. Fue entonces que Dios abrió un sendero y decidí caminar. Él me sorprendió, diseñó el día, la hora y el lugar, sus propósitos son perfectos, a él toda la gloria.

Fue en Arecibo, Puerto Rico, en un congreso de familia, donde se encontraba un pastor madrileño, el hombre que me tomaría de la mano para guiarme por la desconocida aventura de las palabras. Agradezco la aportación intelectual de un humilde servidor del Altísimo y prolífico novelista, a quien reconozco desde muchos años como un maestro del arduo proceso de redactar; a ti, José Luis Navajo. Tus consejos, profesionalismo y dedicación, hacen posible que esta obra destile una elevada fragancia de mucho valor para mí.

A mi esposa, Karla Michelle. Eres el cumplimiento de una promesa. Tú, la razón por la cual volví a soñar, la fan número uno que me convenció a escribir un libro. ¡Unidos, somos una extraordinaria pareja. No hay dudas de que Dios se lució al juntarnos!

A mis niñas, Natalia y Paulette. Ustedes, al igual que mamá, también son promesa de Dios y llegaron a nuestras vidas como herencia de Jehová. Gracias por sus constantes insistencias y reacciones: «¿Papá, ya terminaste tu libro...? ¡Pero qué mucho tú escribes...!». Ambas me inspiraron a completar este proyecto en tiempo *record*. Nunca olviden que son portadoras de la semilla del éxito, ¡me gozo al verlas germinar!

Me dirijo con respeto a ti, lector. Gracias por darme la oportunidad de llegar a ti y hablarte en directo a la conciencia. Que en cada pincelada y destello del saber que encierra esta historia, puedas encontrar respuestas a tus interrogantes, fe para permanecer en la carrera, sin desmayar, e inspiración para que alcances tu potencial máximo. ¡Así te ayude Dios!

CONTENIDO

INTRODUCCIÓN

El reloj, sobre la pared de entrada al camerino, anuncia que son las seis de la tarde. En un par de horas dará inicio el concierto, un auditorio repleto de fans aguarda su aparición. Será, como las anteriores, una noche llena de emoción. Seis mil quince amantes de la música vibrarán ante la imponente banda y la orquesta, el deslumbrante escenario y los espectaculares efectos luminosos. El rasgo distintivo es que el de esta noche es el concierto de clausura de la gira mundial —la última gira— del aclamado artista de la música Indie, Carlos Rossi.

Mientras Rossi revisa la logística del evento y organiza la carpeta con sus obras musicales más famosas, sí, los éxitos musicales que lo llevaron a la cima de su carrera artística, a su memoria acuden diversos momentos de su juventud. Allá, en un pequeño estudio de música en Harlem, Nueva York, dedicaba largas horas a practicar en el piano, concibiendo melodías que cautivaban su alma.

Lentamente se dirige hacia la iluminada ventana que, al fondo del cuarto, supone un mirador sobre la Sexta Avenida. Casi con la nariz pegada al vidrio, se sumerge en la vorágine que impera en el exterior y sus ojos se posan en el gigantesco cartel publicitario que se alza en la famosa calle. Es él quien aparece en la imagen, recostado junto al Steinway & Sons modelo D: el piano que le obsequió la propia marca por promover mundialmente sus instrumentos. Fue un generoso obsequio; ese increíble activo «customizado» alcanza un valor de ciento setenta y cinco mil dólares.

Resulta impresionante ver a Carlos interpretando sus composiciones. La cadencia de acordes con infinita variedad de tensiones acredita su extraordinaria pericia musical. Como a todo un estratega le acompaña un majestuoso escuadrón de músicos sobresalientes. Carlos ha sido bautizado como «el libertador de la música con propósito».

Se retira del cristal, pero solo un poco, su mirada sigue sumergida en el imponente cartel publicitario y, como si hubiera alguien junto a él, lee en voz alta:

«Esta noche, 29 de enero, Carlos Rossi en el *Radio City Music Hall* de Nueva York, celebrando su vigésimo segundo aniversario. Último concierto de su gira mundial 'Donde todo comenzó'». Medita al observar tanta gloria y éxito en la enorme superficie de luz LED. Inspira profundamente y exclama:

—Dos décadas han pasado desde que comenzó mi carrera musical y no puedo creer que aún sigues a mi lado, tan cercano y evidente como aquel domingo en la mañana cuando me prometiste estar siempre presente. —habla mirando al cielo, dialogando con su Mejor Amigo con toda naturalidad.

Ahora sí, se retira del ventanal y muy pensativo se aproxima al reluciente Yamaha U3 que adorna la recámara. Se acomoda frente al piano vertical.

—¿En qué momento hice algo para merecer tanto favor de tu parte? —baja la cabeza y con el índice de su mano derecha retira las lágrimas de gratitud que anegan sus ojos color azabache. Una de ellas, gruesa y redonda, como goterón de lluvia, rueda por su mejilla y se precipita, formando un mínimo océano sobre la tecla de marfil artificial.

Carlos sigue dirigiendo reflexiones a su Mejor Amigo:

—He vivido desafíos y multitud de malos momentos, llegó el tiempo de incertidumbre, pero me hiciste ver que esos procesos no me deformaban, sino que estabas formándome para ser embajador de tu mensaje.

Carlos toca su frente y mueve la cabeza lentamente, llevando la barbilla de hombro a hombro. Un gesto de asombro... De asombrada gratitud. Toma una pequeña maleta de cuero, color marrón, la abre con delicadeza para extraer un hermoso cuaderno y una arrugada postal de cumpleaños en cuyo interior, con cuidada caligrafía, figuran las siguientes palabras:

Querido hijo, graba este verso en tu corazón para que nunca olvides de donde vienes. «¡Te ruego que me bendigas más todavía. Que ensanches mis fronteras y que estés conmigo para librarme del mal y que nada ni nadie me dañe!» Carlitos, hoy celebramos tu cumpleaños número trece, y creo que este mensaje es el regalo más importante que puedo hacerte. Quiero que sepas cuánto me gozo al verte crecer y cuán feliz y orgullosa me siento viéndote desarrollar tantos talentos. Nunca dejes de avanzar, pase lo que pase.

Te ama, tu mamá.

Rossi mantiene la vista sobre el papel durante varios segundos. Cómo ama a su mamá y qué gran tesoro supone esa valiosa y desgastada reliquia. Asiente con su cabeza mientras suspira; luego sonríe volviendo a experimentar la misma exultante alegría que sintió cuando recibió de manos de su madre aquella vieja postal.

Unos golpes en la puerta lo sacan de su ensoñación. Es tiempo de comenzar el concierto, y Carlos da por terminado el acostumbrado ritual de viajar con su memoria al pasado; un tiempo muy añorado, pero imposible de recuperar.

—¡Señor Rossi, disculpe que le interrumpa! —es la voz de su asistente.

—¡Adelante, Gabriela! Puedes pasar. —Rossi se aparta, cerrando la maleta de cuero y acomodándola con delicadeza en una caja fuerte.

—¿Precisa de alguna cosa? —el respeto y la admiración impregnan cada palabra de la asistente— ¡Ya falta poco para subir a la tarima!

—Estoy bien, gracias por ser tan atenta, ya sabes que prefiero mantener mi estómago en reposo hasta concluir el *show*. Presentarme en público me sigue provocando mariposas en el vientre y el mismo sudor frío del principio, hay cosas que no cambian.

—Lo comprendo perfectamente —admite Gabriela—. Yo no sería capaz de mostrarme ante esa multitud...

—Gabriela, ¿alguna vez te comenté que mis manos fueron mi mayor complejo?

La eficaz asistente observa con asombro las manos del músico. Durante unos segundos mantiene un perplejo silencio.

—No, señor Rossi, en realidad no lo recuerdo... Y, con todo respeto, me cuesta creer que sintiera complejo de unas manos que crean una música tan maravillosa. —tras las llamativas gafas de color rojo Ferrari, se adivina la asombrada mirada de Gabriela.

—La crítica negativa de los demás puede convertirse en un torbellino interno de insatisfacciones, esto se ve alimentado por nuestras propias inseguridades, ¡te aconsejo que nunca permitas algo así! —su actitud es la de un maestro de la vida—. Recuerda, quien tira piedras a un árbol es porque ha visto que tiene buen fruto.

—Le comprendo, señor Rossi —con su semblante decaído y algo desanimada.

—¡Venga!, quita de tu cara esa tristeza, lo que sea que estés pensando ya pasó. No alimentes a esas polillas en tu mente, estás hecha de madera sólida e impenetrable, nada puede hacerte daño.

—Gracias, señor Rossi, solo Dios sabe que necesitaba escuchar esas palabras —un arco iris de esperanza vuelve a alzarse en su rostro.

—Gabriela, ten por seguro que esta conversación la diseñó el Creador para que, de hoy en adelante, valores las cosas grandes que él ha hecho contigo. Hay objetos que desde nuestra perspectiva parecen no tener valor, pero a los ojos de un experto son de gran utilidad.

Esas palabras dibujaron una sonrisa en la joven.

—Señor Rossi… ¡Qué preludio tan maravilloso acaba usted de interpretar, tengo el presentimiento que será una noche inolvidable! —llena de emoción se despide.

—Siempre es grato recordar donde toda buena historia comenzó… Te veré al rato, Gabriela.

La asistente sale del camerino mientras que Carlos termina de arreglarse, consciente de que lo que ahora

está viviendo es justo lo que un día anheló en su corazón. «Y serás reconocido por el amor».

Capítulo 1

DONDE TODO COMENZÓ

Pensamientos

Cuida tu mente más que nada en el mundo,
porque esta determina el rumbo de tu vida.
Prov. 4:23 (Paráfrasis)

Saludo de apertura

—Jamás, ni en mis mejores sueños, imaginé vivir un momento como este. Una escena como la que ahora contemplo nunca fue concebida por mi imaginación —está hablándole a la enorme multitud que, expectante, asiste al concierto—. No me consideré capaz de superar mis miedos, debilidades y dificultades; pero hoy me siento muy honrado de contar con grandes amigos, músicos extraordinarios con los que he recorrido el mundo. Juntos hemos afrontado cada temporada, y a vosotros, mi amada audiencia, les debo el que estemos aquí.

Una impresionante descarga de aplausos llena la atmósfera del auditorio. Carlos Rossi aguarda a que la ovación cese, y entonces retoma su discurso:

—Honestamente, tampoco sospeché el alcance del sueño que por muchos años hospedó mi mente. Ahora entiendo por qué se me reveló solo un mínimo vestigio de lo que acontecería en mi futuro. De haberlo concebido, es probable que el vértigo de la duda me hubiera distraído de este perfecto designio. ¡Hoy esta sala está llena de grandes soñadores! ¡No se den por vencidos! ¡No renuncien a sus sueños! —los fans, incapaces de contener su entusiasmo, se ponen en pie para rendir a su estrella una atronadora ovación.

Carlos se desplaza con firmeza matizada hasta ubicarse frente a su instrumento, emulando a Napoleón Bonaparte montando a «Marengo», rumbo a la conquista de una batalla sin precedente.

—La vida, amigos, no siempre fue así de favorable... —levanta su mirada y con la mano derecha en alto activa a la orquesta, que inicia una sublime sucesión de armonías, que inunda la sala como una neblina.

El preludio

Carlos comienza a manifestar toda su energía frente a la multitud que abarrota la reputada sala del *Radio City Hall*. Su cuerpo es visible a los miles de espectadores, pero su pensamiento fugitivo sin que nadie lo perciba. Es inevitable el nudo en su garganta al encontrarse frente a tantas personas a las que solo puede intuir entre la oscuridad que invade la sala.

—Es posible que afuera, en la concurrida avenida, haya personas rogando al cielo que se anuncie una nueva fecha para disfrutar de este espectáculo. No sé qué pasará después de esta noche... no puedo garantizar otra función.

Carlos está dispuesto a entregarlo todo, solo desea consumar el sueño de su Mejor Amigo. Aún frente a la enfervorecida masa, su mente lo distrae, llevándolo a recordar las sabias palabras que escuchó en una ocasión: «nunca persigas ser exitoso, procura mas bien ser valioso para los demás. La gente va tras lo valioso, en eso invierten su dinero. Para ser valioso necesitas enfocarte en algo y dominarlo por completo». Rossi, con mucha disciplina, llegó a descifrar el misterio oculto tras ese sabio pensamiento. Con el pasar del tiempo aprendió que toda buena obra requiere intención y planificación. *"Quien falla en planear* —le había dicho un buen amigo— *está planeando fallar".*

La pieza musical mantiene cautiva a la audiencia y, mientras un manto de silencio se cierne sobre cada espectador, Carlos continúa inmerso en un abismo de recuerdos.

«Aquí estoy ante un gentío de edades muy diversas —no son muchos los artistas que cuentan con el favor de generaciones tan variadas—, ¿quién sabe de dónde vinieron para ver el concierto?, unos del norte, otros del sur, sin duda que de Europa y del Caribe, de la pequeña Isla del Encanto, Puerto Rico. ¡Ay bendito, mi querido terruño!" —reflexiona mientras su corazón se inunda de nostalgia y casi percibe que sus pies se entierran en las blancas arenas de aquellas majestuosas playas... Puerto Rico, la cuna de grandes hombres y mujeres que hicieron camino al andar. Son muchos deportistas, reinas de belleza, hombres de valor y artistas destacados que han puesto a Borinquén en las primeras páginas de revistas y periódicos internacionales. Con orgullo se ha plantado su bandera en los corazones de las naciones del mundo e incluso han cantado a los cuatro vientos que serían borincanos aunque nacieran en la luna. ¡Qué dicha tan maravillosa haber sido adoptado por aquel paraíso tan hospitalario!

El pequeño Carlitos

Carlos nace en Harlem, Nueva York en la década de los ochenta. Su padre, un inmigrante italiano, amante del vino y de la música afroamericana, una combinación poco usual; su madre, una jibarita puertorriqueña, maestra de nivel preescolar, comprometida con el servicio a los más desfavorecidos y fiel cristiana. Se mudaron a Puerto Rico cuando su padre presentó problemas con las autoridades locales neoyorkinas, Carlos, con apenas cinco años y su hermano Alexander, en sus terribles tres.

Creció entre el olor a mango y naranjas del fresco campo, y pasaba horas mirando desde la azotea de su casita el horizonte azul y verde que se pintaba a la distancia. Mecerse en la hamaca bajo la sombra del rojo flamboyán era una terapia placentera, y jugar a las escondidas era usual cada vez que en las noches «se iba la luz» o anunciaban alguna tormenta tropical.

Aquellos eran tiempos muy distintos, sin ninguna dependencia de los aparatos electrónicos que hoy son los amos de la humanidad. Antes se gozaba de las cosas sencillas, como montar una vieja bicicleta, rodearse de amigos del barrio, mojarse de pies a cabeza bajo la lluvia y pasar las noches en una pequeña cama bajo un mosquitero, escuchando el cantar del coquí, los grillos del monte y los gallos de pelea, cada uno interpretando su acostumbrada serenata matutina.

Hermosos recuerdos en Bayaney, una pequeña comunidad montañosa en las afueras de la ciudad norteña de Hatillo, pueblo conocido por su industria ganadera y producción de leche fresca; cálidas y azules playas, humildes habitantes de gran corazón y fiestas de pueblo con influencia y tradición canaria.

Carlos Rossi creció entre personas alegres y agradecidas, a pesar de las situaciones difíciles que en aquellos años les envolvían. Él mismo enfrentó crisis de diverso tipo; momentos de adversidad que llegaron sin previo aviso y de manera sorpresiva. Puede parecer contradictorio, pero en ellos aprendió que las grandes crisis pueden ser facilitadoras de las mejores oportunidades. Asimiló como ideario de vida la certera afirmación de Viktor Frankl: «No podemos elegir lo que nos tocará enfrentar, pero sí podemos decidir con qué actitud vamos a enfrentarlo».

En su memoria permanece fresco el puñado de ocasiones en las que su papá se tomaba el tiempo para compartir en familia. Pasaba largas horas fuera de la casa y a su regreso se diluía la tranquilidad que propiciaba su ausencia; con su comportamiento agrio y distorsionado, huía.

Algunas expresiones muy ácidas perduran en la mente de Carlos.

—¡Ustedes no saben por qué soy de esta manera! —su español fusionado con un acento italiano y medio ebrio. —No se imaginan el daño emocional que me ocasionó papá. Desde niño me obligó a trabajar de sol a sol en los viñedos de Sicilia, mientras mis amigos se divertían en el colegio.

Carlos pareció ver la imagen de su abuelo: un mafioso viticultor de respetada reputación, pero de carácter impositivo e intolerante. Eso provocó que Riccardo Rossi quedara marcado y cautivo en un pasado del cual nunca logró verse libre. Carlos se afirma en la hipótesis de que aquel intenso dolor y la perenne insatisfacción, fueron causa y detonante del mortal cáncer de hígado que se llevó a su papá. Aunque nunca lo verbalizó, hubo momentos cuando Riccardo intentó ser mejor padre, pero sus fuerzas se iban en la lucha por cicatrizar las viejas y severas heridas de su adolescencia. Los malos recuerdos que de continuo ocupaban su mente, provocaron úlceras que jamás llegaron a sanar.

Poco después de su partida, una serie de cambios comenzaron a fraguarse en Carlos. Actitudes de inseguridad y un recurrente temor se hicieron presentes. Un vacío existencial comenzó a agobiarlo, mientras frecuentes pensamientos de negatividad acechaban su inocencia.

Una voz interna resonaba de manera pertinaz. Un eco que aparecía y reaparecía con insistencia torturante: —Serás igual que tu padre, un perdedor al que nadie recordará.

Aún sin comprender muy bien la razón de aquella amenaza, se dejaba caer de rodillas y en silencio acudía a conversar con su Mejor Amigo, un hábito adquirido a fuerza de ver orando a su mamá cada vez que atravesaba momentos de incertidumbre.

Su recuerdo lo traslada ahora a aquella tarde en que don Moncho llegó a su casa. Así, con ese apelativo cariñoso y teñido de respeto, llamaban al anciano que era dueño del pequeño colmado del barrio. De vez en cuando Carlos lo ayudaba en la limpieza y en el acomodo del inventario. A cambio, don Moncho le daba un dólar, y la esposa de este, a escondidas de su marido, completaba el salario con un envase de bombones y galletas de mantequilla. «Toma nene, pa' que te los comas en la escuela». Le decía ella, en bajito y a hurtadillas.

Sonríe ahora Rossi, al recordar aquella tarde en que don Moncho los visitó:

—¡Carlitos, sal al balcón —gritó desde la calle—, quiero hablar contigo!

—¡Don Moncho! ¿Qué hace por ahí? —preguntó Carlos, algo preocupado—¿Mañana a las cinco de la madrugada como todos los miércoles? —dijo, presumiendo de su efectividad laboral, como todo un hombrecito.

—¡No, no se trata de eso! —aclaró don Moncho—. Vine a traerte algo que tiene un gran valor sentimental para mí.

El niño observó que el anciano llevaba un saco, similar a los que, repletos de naranjas, vendían en el colmado.

—Ven, Carlitos —llamó el anciano—, quiero regalarte el teclado electrónico que perteneció a Omar, mi nieto. Solo te pido que lo conserves y no desistas de aprenderlo a tocar. Si perseveras con determinación, algún día ocuparás una posición en la que todos podrán verte y apreciarte.

Ahora, con la perspectiva que el tiempo confiere a los acontecimientos, Carlos Rossi es consciente de la certera profecía que aquel día el viejo comerciante declaró sobre su pequeño ayudante.

Esa jornada marcó de forma indeleble la vida de Carlos. Desde entonces dedicó esfuerzo, tiempo y pasión a estudiar música, al punto de que esta se convirtió en un oasis en desiertos de necesidad y un refugio ante repentinas amenazas.

Cada día fue creciendo, no solo en estatura, también en capacidad y habilidad. El discurrir de los años lo sumió en la ciénaga de la adolescencia, y esa etapa trajo consigo muchas preocupaciones y decepciones, contra las que luchó con fiereza para no caer en el desánimo.

Dicen que las palabras no tienen poder, a no ser que uno se lo otorgue. Convencido de eso, Carlos decidió prestar oído solo a las voces que pudieran estimularlo a seguir adelante; pese a eso fue adoptando una personalidad introvertida y poco expresiva. Se volvió hacia sí mismo, cubriéndose con una capa de hermetismo y optando por hacer las cosas por cuenta propia, sin dependencia de los demás, decidido a enfocar su vida con autosuficiencia.

Un momento aterrador

Y así llegó el fin del milenio y la inauguración del tan esperado, como temido, año dos mil. El temible efecto Y2K tenía al mundo entero, con sus empresas, con los nervios de punta.

Ingresó en la universidad con una mezcla de frustración y distracción, en un momento en que, por mérito propio, ya era muy solicitado por diversas agrupaciones musicales, lo mismo que en eventos privados y tutorías personalizadas. El joven millennial demostró una capacidad de trabajo estelar, asistiendo a clases en las mañanas y en las tardes, sirviendo comidas rápidas en una taquería. Además, participaba en actividades musicales los fines de semana.

No era ya el pequeño niño ignorado por todos. Se había convertido en un galán de pasarela, tan atractivo como prepotente. Se consideraba el tapón del océano y la última bebida refrescante del desierto. Amigo de unos, rival de otros, pero superior a casi todos... Así se sentía Carlos Rossi.

Ahora, sumido en su reflexión, Carlos llegó al punto álgido de su recuerdo:

Aquella noche, tras intervenir en el evento que organizó un lujoso hotel del Viejo San Juan, ciudad bellísima e histórica, se dirigió a su residencia. Eran la una y veintisiete minutos de la madrugada. Se introdujo en la carretera PR-129; una densa niebla lo cubría todo, dificultando la visibilidad. El elegante, pero veterano

Toyota Corolla, de cuatro puertas y color rojo Ferrari, fue perdiendo fuerza mientras ascendía entre la oscuridad de aquel sendero montañoso.

De pronto, una luz se adivinó en la distancia: dos focos se aproximaban. Rossi, queriendo salir cuanto antes de la densa niebla, pisó el acelerador de su Corolla, pero este se negó a responder. Las luces se aproximaban a gran velocidad, sin intención de desviarse. Carlos no consiguió evadir aquellos dos focos que lo deslumbraban; el resplandor llenó la cabina de su automóvil, cegándolo por completo. El genial músico, aterrorizado, sabía bien lo que se avecinaba.

Era el final de aquel viaje... Y probablemente de su vida.

La escena pareció ralentizarse y los segundos se hicieron siglos. Sus ojos alcanzaron a ver los dígitos del reloj... Eran la una y veintinueve minutos de la madrugada.

El impacto fue brutal, y se vio precedido por un estremecedor grito. Un clamor compuesto solo de cuatro palabras: «¡Ten misericordia de mí!»

El eco de aquella súplica escaló el cielo, mezclado con el rechinar de ruedas y el sonido de cristales haciéndose añicos, entre un amasijo de hierros.

La una y veintinueve de la madrugada... El reloj se detuvo en aquella hora.

¿También su vida?

Capítulo 2

FRÁGIL CASA DE PAPEL

Restauración

*«En la vida hay situaciones que ameritan la
intervención de un experto, uno que sepa restaurar
lo que se ha echado a perder».*
Ricky

El enérgico golpe del platillo "crash", pone fin a la pieza de apertura. El sonido reverbera unos segundos, creando una atmósfera expectante, envuelto en el rudo, pero sincronizado, sonido de la batería y la tensión de un acorde disminuido de la sección de vientos metales. Una sábana de seda musical se cierne sobre el auditorio cuando, de pronto, los efectos lumínicos se alían con el atronador sonido de la última corchea y sumen en total oscuridad al público que casi aúlla de placer, al saber que eso fue solo el principio.

Un efímero charco de silencio sobrevive tan solo milésimas de segundos, pues hay una multitud que no vino a callar, sino a cantar. Ahora, estimulados por notables dosis de oxitocina, aplauden y gritan sin cesar.

El músico aclamado

La oscuridad es rasgada por un cuchillo de luz que se clava en el perímetro donde está ubicado el monumental piano de cola. La intensidad del resplandor concentrado en ese espacio, permite ver que Carlos Rossi está al timón de esa nave que porta melodías escogidas y grandes cantidades de vibraciones que harán estremecer al público.

Rossi va embutido en una elegante, ultra entallada y carísima etiqueta de color azul índigo, distintivo de tres notables galardones: La sabiduría adquirida con el tiempo, la introspección constante y la paz sobrenatural que impera en su interior.

El rostro de Carlos emula al sol de la mañana y en sus ojos relumbra la chispa de una confianza firme y perdurable. Los destellos plateados que se aprecian en su barba oscura declaran la versatilidad e integridad del maestro de la música. Lo más llamativo de la escena, y lo que hace diferente a este magistral intérprete del resto de estrellas que componen el firmamento musical, es que esos evidentes valores, talentos y cotizadísimos logros, no son sino un dedo índice que señala a Aquel que lo creó. Es como si la gloria que quiere dirigir al músico, rebotara en una coraza y se proyectase al cielo. A Aquel a quien Rossi considera, por legítimo derecho, merecedor de la honra.

Las cuidadas manos del músico inician un coqueteo con las teclas del piano, y los vapores de ese idilio ascienden en forma de música que sumerge al público en las tranquilas corrientes de una nueva obertura.

Sus dedos acarician el teclado mientras se inclina hacia el micrófono y con un tono que conjuga armonía, sensibilidad y autoridad, declama:

—Aunque ande en valle de sombra de muerte, no temeré mal alguno. —provoca una breve pausa reflexiva y enseguida reanuda su discurso-: El temor alimenta los trastornos del hombre y atrofia los vínculos entre lo que es verdadero y lo imaginado. —suspira y continúa-: Somos tan frágiles como una casa de papel: por más que la adornemos y cuidemos, sin importar lo mucho que pueda impresionar, nueva o antigua, el más mínimo incidente puede echarla a perder. Valora quién eres, aprovecha el tiempo, ama a tu familia y guarda tu corazón de todo lo vil, porque de él aflora la vida. —el ritmo es pegadizo, el mensaje contundente, las luces y las danzas actúan de anestesia, mientras la música medicinal es inoculada en el sistema nervioso central de cada asistente. Todos están cautivos... La atención del auditorio se encuentra cauterizada.

—Si alguna vez te has quebrantado, seguramente tu casa de papel se arruinó. Pretender levantarla a solas puede ser peligroso, mejor consulta siempre a un experto.

Carlos se gira para acomodarse ante el piano, cuando, a lo lejos, alguien grita unas palabras:

—¡Gracias, Rossi. Gracias por tan eficaz consejo! —la ingente cantidad de público y la oscuridad reinante hacen imposible distinguir al valeroso autor del espontáneo agradecimiento. Al instante se escuchan otras voces y fuertes aplausos cubren la congestionada sala.

Un artista siempre procura dar a la audiencia lo mejor de su talento, aun en los momentos donde el agotamiento se impone, la duda abuchea y el desánimo grita en alta voz: «no eres lo suficientemente competente, eres un fracasado».

Carlos ha tenido muchas caídas en su caminar, pero cada vez que supera un obstáculo, percibe en su alma el característico y reparador elogio de su Mejor Amigo. Es como si le dijera: "Bien hecho, volviste a incorporarte. Siete veces cae el justo y vuelve a levantarse".

El sonido de la melancolía

Todavía se mantiene alumbrada parte de la tarima, mientras sigue escuchándose el dramático tono de las graves notas del piano... Se ocupan de introducir los compases de una obra a la que caracteriza la tensión.

La nostálgica melodía parece adueñarse de Carlos; lo seduce y lo traslada a la angosta vereda de incómodos recuerdos que creía superados. Cosas que no debieron ser y fueron... Otras que no fueron, debieron haber sido. Momentos que lo confrontaron con la fragilidad de la vida y lo extraordinariamente fugaz que puede resultar... No hay suficiente tiempo como para derrocharlo en la ridícula soberbia de pensar que todo gira en torno a uno mismo.

Él tenía esa costumbre, pero cuando Carlos tuvo un encuentro, cara a cara, con la muerte, todos los galardones se desmenuzaron de golpe y los trofeos se deshicieron como si fueran cera. Una experiencia así no deja indiferente a nadie y convierte en ruinas lo que considerábamos que era un búnker inexpugnable. Entendemos, por fin, que por más que nos admiren y nos aclamen, seguimos siendo muy vulnerables.

Las notas siguen escalando el aire y él ya se sabe perdido en un laberinto de memorias.

Ante la incertidumbre

El sonido de una ambulancia se desplazaba veloz... Él viaja dentro. Enseguida, un rechinar de ruedas alertó al personal del hospital de que ya llegó, y los doctores y enfermeras, que ya habían sido apercibidos de la urgencia que se aproximaba, corrieron a asistir al músico que, sobre una camilla, era sacado de la ambulancia.

Los traumas y las múltiples fracturas que llevaba lo hacían candidato de honor para ingresar en Cuidados Intensivos. Severos golpes en la cabeza le hicieron perder el conocimiento, otorgando a su rostro un aspecto intimidatorio, a la vez que lamentable.

El área de urgencias del hospital actuó con una agilidad loable, mostrando gran eficacia y profesionalidad. La camilla, conducida por ángeles de blanco, voló por los pasillos de la residencia. Carlos, semiconsciente ahora, sentía un frío helador.

—¡Deprisa! Este chico ha perdido mucha sangre —gritó una de las enfermeras.

—Es muy joven, procedan con rapidez, puede que no lo logre—suplicó la administradora del hospital, que se acercó a la escena atraída por el bullicio.

El cuadro clínico de Carlos era tan delicado que solo un milagro podía preservarle la vida. Yacía sobre la camilla con el cuerpo ensangrentado. Muchos cristales habían perforado su piel, penetrando en el cuerpo como si fueran proyectiles. Su brazo izquierdo estaba completamente cubierto, para proteger la

enorme herida que fracturó el húmero. La pierna iz-
quierda estaba deforme a causa de la espantosa in-
flamación originada por la rotura de cadera. Sus cos-
tillas hechas migas en el brutal impacto y su mente
divagando en un mundo de alucinaciones estremece-
doras. Ese era su estado…

Carlos Rossi es consciente de que sigue desgranando
notas musicales y entonando letras cautivadoras ante su
público enfervorecido, pero su mente permanece ancla-
da en el recuerdo, en aquellas instalaciones hospitala-
rias. Su madre, Elizabeth, está en una esquina de aquel
cuadro tan desgarrador. En su rostro se percibe el alma
devastada de la mujer, quien intuye a la muerte coque-
teando con su primogénito. Ella, fiel creyente, no cesa
de interceder por él en oración. Ahora más que nunca,
la fe de Elizabeth es el ancla que la sostiene. A su lado
está Rey, un gran amigo de Carlos. Ya hacía años que
compartían escenario, juntos formaban un equipo que
hacia vibrar al auditorio con su hacer musical. Rey se
mantuvo acompañando a Elizabeth durante aquellas
difíciles horas.

—Tranquila, todo va a estar bien —alentaba a la mujer—, Carlos es un luchador, no se dará por vencido —
aseguraba, afirmando su mensaje con una reconfortante
caricia en la espalda.

Percibiendo a la mujer rota por la incertidumbre y
desecha en lágrimas, un recuerdo vino a la mente de
Rey, y creyó oportuno transmitirlo como un mensaje de
esperanza para Elizabeth:

—En una ocasión Carlos me contó un sueño: Al parecer contemplaba a la distancia una gran ciudad, cuando una voz le dijo: «Te llevaré a naciones que nunca imaginaste y te pondré en un lugar alto para que seas testigo a los que no creen en mí». ¡Esa promesa se tiene que cumplir, Elizabeth; yo sé que la experiencia de Carlos fue real, él se levantará y será ese testimonio vivo! — proyectaba total seguridad y convicción.

—¡Ay, Rey! Lo único que tengo son mis hijos. —suspiró Elizabeth, como vaciándose de dolor, llevándose las manos al pecho y cerrando sus ojos—. Desde pequeño he visto cuán especial es Carlitos. Recuerdo sus maestras de nivel elemental decir lo inteligente que era —esa memoria logró por fin dibujar una sonrisa en el rostro de Elizabeth.

Se creó un charco de silencio entre los dos. Tras unos segundos, las esperanzadas palabras de Elizabeth agitaron las aguas del silencio:

—Yo creo que esta terrible situación se convertirá en una enorme bendición, no te niego que estoy muy aterrada, pero por otra parte, conozco que tras toda esta crisis hay un perfecto plan para su vida.

El don de fe

Una atmósfera de paz fue instaurándose y alejando la tóxica nube de la inesperada tempestad. Entonces apareció Alexander, el hermano de Carlos, cuya presencia infundió fortaleza y ánimo a la confundida madre.

—¡Familiares de Carlos Rossi! —inquirió en ese momento el joven cirujano de turno.

—¡Sí, somos nosotros! —respondió Ale, como le dice su mamá.

El rostro del cirujano traslucía sorpresa y estupor mientras les explicaba:

—No nos explicamos cómo lo ha logrado, pero asombrosamente ha respondido a todos los tratamientos —con un pañuelo enjugó su frente, antes de continuar—. Acaba de recuperar el conocimiento, aunque se encuentra bajo los efectos de la sedación. Ahora le llevaremos a sala de operaciones para que enseguida sea sometido a las múltiples cirugías que urge practicarle —afirmó con la cabeza, un poco nervioso por la premura que la situación exigía, mientras sus manos permanecían en los bolsillos de su manchada bata blanca. Finalmente sentenció—: Si de verdad existe Dios, puedo decirles que Carlos acaba de recibir un milagro sobrenatural — del cuello del doctor colgaba un collar en cuyo extremo oscilaba un símbolo que representaba una A estilizada.

—Doctor, mi Dios existe y se encuentra entre nosotros —Elizabeth lo proclamó con firmeza—, es tan real que hasta las piedras reconocen su poder. ¡Usted será un instrumento en las manos del "Gran Cirujano"! Mi hijo está en las mejores manos… —las palabras convincentes de Elizabeth conmovieron el pensamiento del incrédulo doctor, quien se despidió reflexivo y algo inquieto, musitando:

—Señora, su fe es de admirar.

Una grata conversación

Horas después, Carlos despertaba de un largo sueño. Aturdido y presa de la confusión, miró en todas direcciones. Era obvio que estaba en un cuarto de hospital... Intentó recordar cómo y por qué había llegado hasta allí. Sin apenas fuerzas y agobiado por múltiples dolores, se dirigió con voz entrecortada a la joven enfermera que vigilaba su proceso:

— Señorita, ¿qué hago aquí?

—Sufriste un accidente, pero tranquilo, estarás bien —susurró la joven auxiliar con mucha ternura.

—No recuerdo nada —desvió su mirada tratando de acordarse.

—Has estado dos días en observación, ¡tu operación fue todo un éxito, eres un milagro! —sonrió para brindarle confianza, y añadió con entusiasmo-: ¡Carlos, te ves muy bien, en poco tiempo estarás fuera de aquí!

—¿Me veo muy bien? ¡Fíjese, he tenido días mejores, se lo puedo asegurar! — lo dijo en tono jocoso, intentando recuperar el ánimo.

—¡No lo dudo! —la enfermera trató de contener las ganas de reír.

—Señorita, hágame un favor, necesito escuchar buena música, me vendrá bien, se lo aseguro —esa era su fuente de energía como el sol a una marchitada flor.

—¡Seguro! Tengo un pequeño radio en mi casillero, ¡regreso enseguida!

Carlos estaba entumecido, y no alcanzaba a ver todo su cuerpo. Pero necesitaba saber si sus manos estaban sanas, ellas eran su mayor tesoro. Pudo ser un recurso de su deteriorado organismo, pero Rossi se adentró en un profundo estado imaginario donde, sentado al piano, interpretó el melancólico primer movimiento de la magistral obra «Sonata Claro de la Luna» de Ludwig van Beethoven, una de sus piezas favoritas. Su cerebro apenas percibía la diferencia entre el emotivo trance y la decepcionante realidad. En respuesta al incitado estímulo cerebral, sus dedos comenzaron a moverse al ritmo musical.

¡Qué contento se sintió al constatar el movimiento de sus dedos! En su corazón resurgió una chispa de esperanza y un sentimiento de gratitud inundó todo su ser. Resonaba en su cabeza una frase que oyó al ministro de la pequeña capilla donde los domingos asistía con su mamá: «En este mundo afrontarán aflicciones, pero ¡anímense! él ha vencido».

Aquella situación que para muchos habría anunciado un final, para Carlos supuso un nuevo comienzo. Ser consciente de su propia vulnerabilidad quebró la coraza de autosuficiencia con la que vivía. Era urgente modificar aquellas conductas que lo tenían preso. Resultaba inútil fingir perfección y suficiencia. Su exaltado orgullo fue derribado de golpe; las marcas que ahora cubrían su siempre cuidado y ejercitado cuerpo, eran cicatrices imborrables que hablaban de una segunda oportunidad. Su cuerpo, su vida, su frágil casa de papel…

Cerró sus ojos y de sus labios surgió una oración que escaló el cielo, hasta posarse en el corazón de Dios con la suavidad de una pluma: «Me levantaré, confiado porque tú me das las fuerzas, me levantaré no importa cuanto tenga que esperar, no temeré…»

Capítulo 3

EL CUADERNO DE PROMESAS

Oportunidades

«Escribe y guarda las palabras de valor donde asegures que la duda, el desánimo y el temor no podrán hallarlas».

Ricky

El valor del conocimiento

Carlos Rossi sigue desplegando su concierto de clausura, y una sensible fragancia musical llena el auditorio impregnando a cada uno de los asistentes. Es impresionante la capacidad del músico para hacer tangible lo intangible, convirtiéndolo en una pieza de arte. Carlos destaca entre los mejores, por su habilidad para convertir escenas cotidianas en composiciones, cada una de las cuales testifican de la intrepidez con la que ha superado y sanado los más cruentos infortunios de la vida. Eso desata la admiración de su público, quien desconoce las verdaderas fuentes de inspiración que, sumadas a su inteligencia creativa, alumbran los éxitos arrolladores que lo caracterizan.

Entre las numerosas facultades de Rossi, destaca su extraordinaria destreza comunicativa que no se limita al puro aspecto verbal. Es un observador de primer orden y muy hábil interrogando, todos aprecian la capacidad de formular preguntas con gran carga de profundidad, a la vez que proporciona respuestas capaces de enmudecer al más elocuente. ¡Sin duda hay sabiduría en el celebre cuarentón!

La clave radica, probablemente, en que Carlos supo de qué fuentes beber. Buscó la sabiduría y el consejo de personas tan luchadoras como serviciales. Escuchó a maestros humildes y se sumergió en la lectura de buenos libros, logrando modelar un carácter intachable. Cierto es que hubo periodos ensombrecidos por la incredulidad, el placer y la osada e indomable inmadurez. Aunque esas etapas pusieron en riesgo su avance, se sobrepuso a ellas y ahora Rossi está decidido a desafiar cualquier obstáculo que quiera interponerse. Perseguirá llegar a la estatura de sus referentes a los que admira.

Su corazón es un depósito de imborrables memorias. Un cofre donde atesora reflexiones del ilustre abuelo, junto a la ternura de su dulce abuela.

¿Cómo olvidar el genuino cariño que las ancianas le prodigaban los domingos en la capilla? Nunca se borrará el calor que la mano del veterano ministro dejaba en su hombro al saludarlo.

Entre la riqueza que archiva en mente y corazón también están las enseñanzas recibidas de aquellos profesores que, con gran paciencia, le instruyeron. Quiere emularlos. Y la sencillez de grandes artistas que fueron ayer sus mentores. Ha prometido, además, no olvidar nunca el sacrificio y amor de su madre, ni las atenciones de su familia que, con emocionante fidelidad, estuvieron a su lado.

Canción a la sabiduría

Qué ocasión tan deslumbrante se le ofrece ahora, para honrar a las personas que creyeron en su potencial y lo guiaron. Él ha trabajado cuidadosamente una bella composición en la que rinde homenaje a los hombres y mujeres que invirtieron tiempo en él, instruyéndole sin lastimar, educándole para formar y aconsejándole para sensibilizar.

Rossi se dirige a su audiencia.

—Si hay algo que valoro en la vida, son las buenas palabras. Ellas fueron mi inspiración para no desfallecer, son la evidencia de una promesa cumplida y serán quienes narren mi historia cuando ya no esté con ustedes. –la satisfacción y plenitud que siente se percibe en su discurso.

—No hay retórica que sobrepase el valor de las palabras que germinan de corazones limpios, llenos de humildad y sabiduría —provoca un silencio reflexivo.

—Nos alimentamos de lo que vemos, escuchamos y leemos, de estas dependen nuestras acciones diarias, las constantes decisiones, los múltiples hábitos y comportamientos. ¡Atesora las buenas conversaciones y busca el conocimiento, para que cada día disfrutes de nuevas y valiosas oportunidades!

A Carlos le apasiona transmitir mensajes a la razón… Componer frases que sean disparos al corazón, para llenarlo de vida.

—¿Acaso habrá entre vosotros alguno que pueda esforzarse y crear una diminuta semilla de uva azul con tan sólo hablar? —el silencio se cierne sobre el auditorio.

—¡Lo sospeché! —afirma con energía.

—¿Qué tal si te digo que nuestras palabras son como pequeñas semillas que crecerán y darán fruto? No olvides que recogerás del fruto que sembraste, nada más y nada menos…

Alumbrando el camino

Carlos debe su éxito a los principios aprendidos de su libro favorito.

—Quien procura hacer el bien es digno de recibir los favores del conocimiento verdadero —espera unos segundos y prosigue—. No existe ser humano más sabio que aquel que reconoce en su corazón la existencia de un ser supremo, insuperable en inteligencia, creador de todas las cosas y autor de la vida misma.

De nuevo incorpora una pausa estratégica, tras la cual señala con su mano al cielo y añade:

—¡Atentos a esto! En el mundo hay voces escandalosas que tratarán de confundirte, enfermarte y arruinarte. Aléjate de esos ruidos, en cambio rodéate de los prudentes, cuyos consejos trascienden los parámetros del tiempo y el espacio. Aspira volar alto… ¡Ahí es donde te quiero llevar en esta ocasión!

La música de Carlos Rossi rompe con las tendencias de actualidad. En una ocasión en los *Billboard Music Awards* señaló: «Mis obras no entretienen, mis obras edifican con sentido». Son muchos los fans que relatan tener experiencias sobrenaturales de transformación y sanidad interior al entrar en contacto con el trabajo de Carlos. «Su música tiene los atributos del Arpa de David» reseñó la revista *Rolling Stone* en una reciente edición.

Carlos pronuncia una última frase… Un broche de oro para un discurso de diamantes:

—Ahora bien, si estás enfermo del alma escúchame: el proceso de sanar es como aprender música, parece fácil pero toma tiempo y en ocasiones es frustrante; sin embargo, no renuncies, continúa hasta alcanzar la sanidad.

Rossi mordió el polvo, él muy bien conoce el suelo. «¿Tendré yo posibilidades en la vida? ¿Me levantaré de esta depresión que quiere devorarme vivo?» Esas preguntas merodeaban en su mente mientras vivió confinado a una sombría cama ortopédica de posiciones, necesitado de inspiración, entusiasmo y sanidad interior.

Venciendo la incomodidad

Cinco meses después del accidente…

—¡Carlitos, acaba de llegar alguien a verte! —le avisa su mamá.

—Quiero estar solo, no quiero visitas, no estoy de buen humor para nadie. —su actitud era poco amigable.

—No seas así, necesitas ocupar tu mente en otra cosa que no sea este cuarto deprimente que se ha vuelto tu cárcel. En poco tiempo podrás levantarte, pues tus terapias están por culminar, ¡aguanta un poco más…!

—¡Ay, mami!, ¿qué pasará conmigo? Tengo tanta frustración por dentro. Por culpa de un conductor ebrio mira cómo estoy, tanto que me cuidé para ahora tener que pasar por este suplicio.

—¿Qué dices, Carlos Enrique? —su madre vocalizó cada sílaba. Había firmeza en la pregunta.

—¡Niño, estás vivo! El accidente pudo haber sido peor, no fue tu final, ¡lo sabes! —el dedo índice lo señala, en un intento de que reaccione.

—No olvides que en la vida tendremos aflicciones, ¿lo recuerdas?

—Sí, mami, lo recuerdo… —dijo con voz baja.

—Si de sufrimiento se trata, él es un experto… pero venció —las palabras de su mamá llevan a Carlos a asentir con la cabeza.

—Quisiera hacer tantas cosas, sobre todo extraño tocar el piano y entretener a los demás.

—Escúchame, tu talento no es para entretener, fuiste creado para mucho más que eso. Tu don transformará muchas vidas porque fuiste elegido desde tu concepción para cumplir un plan en este mundo -su madre hacía silencios para moverlo a pensar. De ahí heredó Carlos esa estrategia de comunicación. Una vez que está segura de que su hijo escucha, incorpora la sentencia definitiva-: ¡Esta cama no es tu lugar! ¡No es tu final! Ocúpate de salir de aquí lo antes posible, contempla en tu mente lo que ha de venir, pensar en eso te ayudará a sanar -habla con autoridad impregnada en amor.

—Sí, tienes toda la razón. ¡Gracias mami!

—¡Bueno, anímate que tienes visita! –se marcha habiendo cumplido su misión del día.

La encomienda de su Mejor Amigo

Poco tiempo después, la recuperación fue haciéndose evidente. Sus familiares y amigos velaron por la salud física y emocional de Carlos. Todo comenzó a mejorar gradual, pero decididamente. En una ocasión llegó con su familia a la capilla que de niño visitaba, todavía se le dificultaba caminar por lo que se ayudaba con un par de muletas. No sabía que ese domingo viviría una sorpresa que marcaría un nuevo comienzo y una gloriosa nueva oportunidad. En aquel recinto de paz se encontró con su Mejor Amigo. Mucho tiempo había transcurrido sin escuchar Su Voz y el reencuentro fue refrescante, vital, renovador... ¡Qué inmensa satisfacción fue encontrarse con él.

—Carlos, qué bueno verte aquí, estuve al tanto de las situaciones que has atravesado, sé que son muchas las cosas que te alejaron de mí, pero yo no te olvido, querido amigo.

—Perdóname, no supe manejar tanto dolor en mi corazón —reconoció, apenado.

—¡Carlos, nuestra amistad no cambiará, te lo aseguro! Conozco tus alegrías y no ignoro tus tristezas. Estuvimos juntos en los buenos y en los malos momentos. Permanecí en el proceso de tu papá, en tus desilusiones y frustraciones, ¿lo recuerdas?

—Sí —acepta Carlos—, nunca me dejaste… ¡Tengo mucho por lo que agradecerte!

Su amigo prometió estar siempre presente. No era una amistad a conveniencias, sino un pacto de sangre.

—Carlitos, recuerdo que habíamos conversado horas antes de tu accidente; me llamaste para decirme que te sentías abrumado, que apremiabas cambiar de escenario. Me conmovió saber que renunciarías a nuestra amistad, pero nunca dejé de creer en ti y siempre supe que regresarías, querido amigo.

—No sé qué decirte, fui un tonto… —admite Carlos, muy pensativo.

—¿Sabes? Esa madrugada… ¿Sabes a cuál me refiero? Me pareció escuchar tu voz retumbando en mis adentros. De inmediato tu madre me consultó en secreto lo ocurrido. Le prometí velar por ti y estar pendiente. Querido amigo, yo conozco tus necesidades.

Carlos no pudo contener sus lágrimas, su Mejor Amigo le animó a perseguir su sueño.

—¡Escuché que deseas estudiar música popular y composición!

—Sí, es lo que más deseo hacer, pero lo veo tan distante…

—Escúchame, para el que cree todo es posible —su amigo sonríe mientras afirma-: Te ayudaré a lograrlo, tengo varios amigos de *The Juilliard School* en Nueva York. Hoy me comprometo contigo y te garantizo que nada te faltará.

—¿En serio, harás eso para mí a pesar de cómo me he comportado contigo? —está conmovido y asombrado de lo que acaba de escuchar.

—¡Querido amigo, sabes que te amo! Solo esfuérzate en todo, no temas ni desmayes.

Su Mejor Amigo sostenía en las manos un hermoso cuaderno color rojo, como la grana; el color favorito de Carlos.

—Ten. En este cuaderno escribirás todas mis promesas y también, momentos trascendentales de tu vida. Lo guardarás como tesoro y si esperas a su cumplimiento, grandes cosas verás. ¡Confía en mí!

Todo ocurrió tal y como su Mejor Amigo lo había asegurado. Todo se cumplió. Ese año tan desafiante culminó y Carlos se preparó para emprender el viaje de su vida. La gente que lo amaba y valoraba le despidió como a valeroso soldado rumbo a un distante campo de batalla. Fueron tantas las expresiones de amor y cariño que su corazón partió cargado de recuerdos y emociones.

Como aquel puertorriqueño que un día emigró al extranjero añorando regresar, Carlos, con gran nostalgia, entona en su interior la inolvidable frase de Noel Estrada en su himno "En mi viejo San Juan".

—Me voy pero un día volveré, a buscar mi querer, a soñar otra vez en mi viejo San Juan.

Capítulo 4

FUE MUY LEJOS DEL HOGAR

Perdón

«El camino equivocado provoca heridas y desilusiones; pero el regreso a los brazos del Padre es bálsamo que cura el alma afligida».

Ricky

La vana ilusión de la vida

La gigantesca sala de conciertos se ha convertido en un espacio de efectos ópticos y sensaciones artificiales que transportan al espectador a una dimensión de emociones exacerbadas. Los destellos de luces blancas y azules sobre el escenario, se atenúan a medida que un telón de neblina y oscuridad engulle al escuadrón de sagaces músicos que acompaña a Carlos Rossi.

Por diversos lugares de la sala se dejan sentir efectos acústicos que incrementan la excitación ya exaltada del enfervorizado público: sonidos que emulan truenos y ráfagas de viento circulan de este a oeste. La atmósfera es eléctrica y sume al público en una montaña rusa de emociones... músculos entumecidos, hormonas estimuladas y una frecuencia cardiaca que sobrepasa a la de un corredor en el kilómetro final de la maratón. Una multitud heterogénea, distinta en mil cosas, pero idéntica en una: todos están abducidos por el magnetismo del momento.

Carlos evoca con agradecimiento algunos refranes de su abuelo materno, un hombre con una sabiduría y sagacidad que le hacían capaz de venderle un congelador a un esquimal en necesidad. Él siempre buscó despertar en su nieto la intuición de tomar decisiones guiado por la razón y no por la emoción.

«Carlitos, las cosas no siempre son lo que parecen ser» —le advertía—. «Recuerda: no todo lo que brilla es oro». «Muchacho, ten cuidado, ese es pintura y capota no más». Así era como los viejos de antes infundían principios y valores a los más jóvenes, era el mejor legado que podían dejarles.

Las apariencias engañan, los sonidos aturden y un corazón ingenuo puede ceder a las influencias del error. Nadie aprende por cabeza ajena, a pesar de la multitud de consejos que haya recibido; todos precisan su propia experiencia. Muy bien reza el dicho: «El que busca donde no debe, encuentra lo que no quiere».

Una nueva melodía

Carlos inicia una canción que apela a las emociones; relajante pero a la vez persuasiva. No muy lejos se perfila un cuerpo y una voz femenina que interpreta junto al músico y cantautor. Forman un talentoso dúo del que surge una afinada armonía cargada de sentimiento. La audiencia escucha extasiada y reflexiona en el mensaje que traslada la canción:

> Nuevamente, aquí estoy,
> recorriendo horizontes de maldad.
> La mirada alejé
> de la verdad que me hizo libre una vez.

Ahora me acerco a ti,
para pedirte que me des una oportunidad.

Es tan grande el dolor, que no hay palabras
que mis labios puedan pronunciar.

Fueron tantos los tropiezos,
innumerables las heridas
que el mundo provocó en mí.
Me aferré a sus placeres, le creí a sus mentiras...

Toma mi corazón, cúbrelo con tu amor,
es mi anhelo, es mi deseo
servirte, mi Señor...

La música continúa y se filtra, sutil, pero arrolladora, en el subconsciente, en tanto Carlos relata una historia a un público que ya aguarda su intervención.

El hijo malgastador

—En una ocasión, un joven privilegiado, que lo tenía todo, confundido por las voces que a su alrededor escuchaba, se acercó a su padre con la excusa de querer abandonar su hogar para deleitarse en los placeres de la vida. El muchacho iba en busca del espejismo que los provocativos relatos entre amigos, propagandas mediáticas y mensajes subliminales instalaron en su corazón. No hubo forma de convencer al caprichoso aventurero, pues la lujuria y la codicia habían ganado por mucho su confianza.

La música en sus palabras extasía la imaginación de los oyentes.

«Papá, ya no soy un niño, quiero realizar mi vida a solas. Me marcharé a otro lugar a hacer lo que me plazca". —presumía tener razón y capacidad. El padre le respondió-: «Hijo, pero en este hogar no te ha faltado el calor de familia y mucho menos lo material, anhelamos el bienestar que mereces». Ellos esperaban que el muchacho cambiara de idea pero enseguida desplegó su discurso: «¡Ustedes no saben lo que yo merezco, no me comprenden, solo quieren controlar mi vida, no estoy dispuesto a renunciar a las cosas que quiero y mucho menos a mis amigos, ellos sí saben cómo tratarme». El padre lo miró con tristeza y le dijo: «Hijo, lo que hacemos es por amor a ti, eres nuestro amado y lo único que deseamos es tu felicidad». El muchacho, enfadado, respondió: «¡Tonterías! Si tanto dicen amarme, entonces déjenme partir adonde quiero, denme mis ahorros y el auto que me prometieron, ambas cosas me corresponden». Su imprudencia y mal comportamiento entristeció a sus progenitores. El padre no tuvo otra opción que decir: «De acuerdo, hijo es tu decisión, es tu voluntad». Hubo tal tristeza en la familia que su madre enfermó de dolor.

La audiencia está conectada con el relato y Carlos continúa:

El joven hizo como propuso en su mente y, sin remordimiento alguno, tomó el camino que para sus ojos parecía el mejor. Su familia, apenada, lo vio marcharse.

Rumbo a la oscuridad

Al principio todo discurrió como el joven había planeado, su vida era un encanto. Pero el tiempo dictaminó su sentencia..., lo que sembró, eso cosechó. Una noche excitante, mientras consumía drogas, alcohol y satisfacía sus pasiones, una famosa canción tropical sonó en la radio: «Todo tiene su final, nada dura para siempre...» El mismo cantante que predijo su trágico final, lanzó en su hit musical una advertencia de las cosas que habrían de suceder.

Carlos sigue tocando el piano y narrando la historia:

Las estaciones y temporadas transcurrieron y el muchacho nunca contactó a su familia; ni siquiera fue capaz de enviar un simple mensaje de texto para menguar la provocada y prolongada angustia de sus padres. Ellos nunca dejaron de pedir a Dios por el cuidado de su hijo. Pasaron muchos días más, hasta que una mañana sonó el teléfono de la casa; llamaban de una clínica distante, su hijo estaba recluido. Un manto de preocupación cubrió el alma del padre.

El hombre emprendió un largo viaje hasta el pequeño pueblo donde estaba su hijo. Al llegar se encontró en un inmundo poblado donde prevalecía la miseria y la pobreza. Apresuradamente, se dirigió a la única y deplorable clínica del lugar. La condición de los pacientes era infrahumana, en su mayoría jóvenes devastados por las drogas. Dos enfermeras con aspecto rudo e insensible escoltaron al extenuado padre hasta el cuarto donde estaba su hijo.

Al cruzar la puerta de lo que parecía más una celda que una habitación de hospital, se abalanzó sobre el muchacho. Desecho en lágrimas y con el corazón quebrantado, gritó: «¡Hijo por fin te encontré!».

Agradecido, y con la vista empañada por un mar de lágrimas, el hombre alzó sus manos al cielo.

Su hijo yacía en un mísero camastro, cubierto por una sábana raída, bajo la que se adivinaba un cuerpo que era hueso recubierto de piel. En su rostro eran evidentes las marcas de la condena que él mismo se fijó y sus ojos entornados gritaban el amargo tormento que vivía. La vergüenza por no poder ocultar los estragos de su condición lo atormentaba.

—Tranquilo, hijo —lo tranquilizaba su padre, sosteniendo su mano—, todo va a estar bien, ya verás...

—Papá, no tuve valor para volver a casa —reconocía el joven con lágrimas en los ojos—, las cosas no eran lo que parecían.

—Tu madre y yo hemos rogado a Dios por tu cuidado, sabíamos que tarde o temprano nos reencontraríamos. —se levantó lentamente y, tras un suspiro hizo un largo silencio.

—¿Cómo está mamá? —quiso saber el joven—. ¿Se encuentra bien?

—Hijo, tu mamá ya no está. Se nos ha ido, pero Dios contestó su petición.

El joven, devastado ante aquel trágico descubrimiento, imploró:

—Perdóname, papá, por favor, perdóname... es demasiado el daño que he provocado... Me dejé seducir con una falsa idea de la felicidad. Aceleré la partida de mamá... ¿Ahora qué voy a hacer para recuperarla? ¡No quiero vivir así!.

El padre tomando sus manos le rogó:

—Hijo mío no llores más, ya te hemos perdonado, por mucho tiempo estuviste desaparecido y hoy te encontré, estabas muerto y hoy has hallado vida.

Padre e hijo se reencontraron, sus corazones se fundieron y nunca jamás se separaron.

Un llamado a la conciencia

Carlos ha presentado un cuadro muy fuerte, pero real. El conmovedor relato ha sacudido la sensibilidad de todos, el silencio es tan denso que incomoda incluso al pensamiento. El aclamado concertista concluye:

—Lo atractivo de un mundo de ilusiones se vuelve tinieblas y desilusión cuando llegas al final del camino. Permíteme recalcarte que hay una vía de regreso a tu hogar, el lugar donde en realidad eres valorado y amado. ¡No te vayas lejos…! Recuerda: hay viajes que en su inicio parecen buenos y placenteros, pero su última parada es fatal. No emprendas una escapatoria así. En cambio, te presento la oportunidad de tu vida. La única solución para sanar el alma es mediante el perdón sincero. ¡Toda acción tiene consecuencias, pero aún hay tiempo para evitar la peor decisión de tu vida!

Carlos se expresa con total convicción, tiene en su memoria las imágenes de un pasado tenebroso que a punto estuvo de terminar con su propia vida.

Capítulo 5

UN GIRO INESPERADO

Obstáculos

*«Cuando a Dios le agrada la conducta de un hombre,
lo ayuda a mantenerse firme. Tal vez tenga
tropiezos, pero no llegará a fracasar porque
Dios le dará su apoyo».
Salmos 37:23-24 (TLA)*

Hacia la «libertad»

La imponente aeronave de *American Airlines*, combatía la turbulencia causada por la tormenta de nieve. El intenso frío del exterior se filtraba a la cabina, entumeciendo los cuerpos de los pasajeros que intentaban, inútilmente, vencer la ansiedad y el temor que las sacudidas del avión les provocaba.

El comandante y su equipo conducían la nave a su destino, cuando, en una inesperada maniobra, aparecieron frente a ellos miles de puntos luminosos, decorando la oscura planicie.

La tripulación extenuada, intentaba hacerse con el control de la situación. Mientras Rossi estaba inmerso en un boceto, un pensamiento lo asedia: "Enseguida estaré en la gran ciudad… ¿Libertad o libertinaje?".

El avión se sobrepuso a la feroz tempestad y pronto devoraba los cuatro kilómetros y medio de la pista de aterrizaje en el aeropuerto JFK de la gran metrópoli. Rossi había llegado a la capital del mundo.

Personas de todo el globo llegaban a Nueva York para alcanzar sus sueños, algunos de ellos tan enormes como los rascacielos que adornaban la extensión neoyorkina. Todos querían triunfar en grande y disfrutar del valor que caracterizaba la nación americana en aquellos días: «el derecho a la libertad». Por eso, en la llamada Isla de la Libertad, se levantó una figura monumental conocida por grandes y pequeños: la gran estatua de una mujer coronada, con una antorcha encendida en su mano y en la otra un libro. Ella inspiraba a los demás países del planeta a emular la cultura americana.

El sueño

Bajo esa premisa de bienestar y superación, Carmina, la abuela de Carlos, había dejado atrás su apesadumbrada vida europea. Renunciando a la miseria y al maltrato, emprendió la huida con Ricardo, su único hijo. El viaje tras el ilusorio sueño americano le costó la vida. Por desgracia, las cosas no sucedieron como la buena mujer había planeado, tristemente se cumplió el dicho: Nada es lo que parece, ni nadie es quien dice ser.

Un pasado manchado por el fracaso puede tornarse en un obstáculo mental y emocional para alcanzar el cumplimiento de un futuro victorioso. Superar un trauma requiere tiempo, ayuda y valor, sobre todo cuando esa herida es interna y pervive en lo más recóndito del subconsciente.

Durante muchos años Carlos estuvo expuesto a dos tipos de ideologías, dos formas de solucionar problemas y tomar decisiones, dos caminos con finales muy opuestos. De los dos poderes que pugnaban por el control de su vida, uno sería el autor de la crónica de una muerte anunciada, el otro podría erigirse como su peldaño a la cumbre.

Carlos se internó de inmediato en la prestigiosa universidad de sus sueños, sin perder tiempo se dio a conocer y en un corto período estaba dando buenos frutos. En el aire se percibía el peculiar olor de un fuerte torbellino acercándose. Se levantó un banderín de alerta, un llamado a la conciencia de Carlos: ¡Analiza lo que ves, juzga lo que escuchas y evalúa cómo respondes a los estímulos que te rodean, no te consideres sabio en tu propia opinión!

Cuando menos lo esperaba

En la ausencia del bullicio de estudiantes practicando sus instrumentos, se escuchaban las veloces notas del piano de Carlos ascender y descender como quien se divierte en una montaña rusa. Las horas, días y semanas solían transcurrir sin distracciones, Rossi se atrincheraba rigurosamente para perfeccionar sus habilidades y destrezas musicales. Seis meses de esfuerzos y progresos pasaron deprisa, y el joven artista se convirtió en cautivo de su pasión.

Por el silencioso y poco iluminado pasillo resonaron leves pasos aproximándose a la cápsula de práctica. Lentamente se abrió la gruesa puerta de cristal.

—¡Carlos, al fin te encuentro! —susurró Delilah, una amiga de la universidad—. ¿Puedes atenderme o estás demasiado ocupado? —la joven se sentó en el piso alfombrado del estrecho cubículo de piano.

—Seguro, me vendrá bien un descanso. —sonrió Carlos prestándole toda su atención.

—Ya sé que me has dicho que no dispones del tiempo para salir conmigo, pero te insisto una vez más. —sus ojos parecían reflejar una porción del Mar Caribe, la invitación a una encantadora aventura aguardaba por un sí, un no o un tal vez.

—Delilah… —inhaló y exhaló el aroma de su persuasiva fragancia, mientras acariciaba el pensamiento que emergía a la superficie de su mente. —Eres hermosa, de eso no hay duda, tu rostro me recuerda un bello atardecer y tu voz, cuando cantas, es tan fascinante que hechizas… —ella lo miraba fijamente y sin pestañear. —Pero…

—¿Pero qué? –interrumpió Delilah, como poniéndose en guardia ante la saeta que se aproximaba—. En mi cartera llevo la tarjeta que me diste... Marqué mil veces el número que aparece en ella, pero nunca respondes mis llamadas. –acomodaba una porción de su larga cabellera oscura detrás de la oreja. —¿Carlos, dime, yo te agrado o no? —la voz surgía impregnada en astucia y sensualidad.

Las manos de Carlos comenzaron a humedecerse por el inesperado interrogatorio, tan sorpresivo como directo. No era la primera vez que se encontraba en una situación similar. Hay historias que relatan batallas como estas, encuentros que no requieren armas ni cuartel de defensa, sino cordura y autocontrol. En ocasiones anteriores, recurrió a su infalible fuente de poder, el diálogo con su Mejor Amigo, pero su complicada agenda de estudios y compromisos de trabajo últimamente lo habían despojado de tiempos de calidad con él. Al final terminó confiando en su propio criterio, por lo que se había vuelto bastante más vulnerable.

—¿Delilah, por qué yo? —respondió con otra pregunta para no comprometerse tan deprisa. —¿Qué tengo yo que no puedas encontrar en otro? —intrigado por la insistencia de la bella muchacha.

—¡Carlos Rossi! —su nombre nunca había sonado tan afinado. —Tú tienes algo que resalta, que captura mi atención y despierta mi curiosidad. —zarandeando la imaginación de Carlos. —Eres atractivo, siempre bien arreglado, talentoso, tan correcto al hablar, tu pícara mirada, tu cabello oscuro y esas cejas tan bien dibujadas. —tanto elogio provocó flojera y debilidad al instante. —¡Sé que tengo cosas que modificar, pero por ti soy capaz de todo… Dame una oportunidad, no te vas a arrepentir! —la petición que entonó la joven cantante derribó las defensas que custodiaban la pureza de Carlos.

Solo se requirió un puñado de palabras para que el ego recobrara fuerzas y escapara de la prisión. Carlos era consciente de las diferencias que los distanciaban: diferían en principios, valores y fe; sin embargo coqueteó con la idea de apetecer sus instintos y se habló a sí mismo: ¡Esta es una buena oportunidad! ¿Qué puede salir mal?

Desde aquel encuentro de verano, Carlos y Delilah comenzaron a compartir más seguido. Cada vez que se veían florecían nuevas emociones, sus actos les llevaban poco a poco al borde de un peligroso abismo. Día tras día la pareja de jóvenes se encadenaba con palabras y hechos.

El verdadero peligro

Delilah era una chica preciosa y llena de talentos; sin embargo, en su interior experimentaba un inmenso vacío. Creció en un hogar disfuncional y muy pronto la internaron en un orfanato. La constante crisis la llevó a depender del alcohol, los cigarrillos y la marihuana. Delilah acordó con Carlos renunciar al uso de drogas y otras sustancias, pero sus lapsos de depresión y las malas influencias dificultaban que pudiera cumplir su promesa.

Las prioridades y aspiraciones musicales de Carlos fueron sustituidas por noches de fiestas, salidas en parejas y veladas apasionadas. Persistía en su conducta aun sabiendo que esa forma de vivir no era apropiada para él. Su aprovechamiento académico no tardó en resentirse a causa de sus decisiones. También su comportamiento se alteró, con frecuencia se le notaba frustrado, ansioso y pensativo. Incluso su rendimiento en su empleo como instructor de español se vio seriamente perjudicado y fue despedido. Aunque conocía la amenaza que se aproximaba, un perturbador sentimiento de impotencia lo mantenía atado de manos y pies; su voluntad estaba sometida a los encantos de su sensual pareja.

Una mañana, en el lobby de la popular universidad, Ismael, su profesor de piano, lo detuvo.

—Carlos —le dijo—, te noto distraído y no estás llegando a clases. —colocando su mano cálida en el hombro del avergonzado estudiante, inquirió con una mirada en la que se reflejaba sincera preocupación-: ¿Es esa chica verdad?

—Profe, no sé qué me sucede; por más que intento controlar mis impulsos vuelvo a caer una y otra vez, no tengo dominio propio. –en sus palabras se notaba el cansancio de su terrible lucha.

—Carlos, las batallas más difíciles del hombre se desatan en su propia mente. Pídele a Dios su favor para que nadie salga lastimado en esta situación, no olvides que las decisiones arrastran consecuencias, tú eres el comandante de tu nave. –la sinceridad del consejo del profesor despertó en Carlos la necesidad de velar por su vida.

Aviso de tormenta

La noche estaba lluviosa y fría, el viento barría las concurridas avenidas de Queens. Faltaban unas cuadras para llegar a «Deseos Latin Club» una disco muy popular entre los bailadores de salsa y guaracha, Delilah era una hábil rumbera, en cambio, Carlos carecía de ese don.

—¡Amor, hoy quiero festejar hasta que amanezca! –sus intenciones eran claras. —Ya llevamos cinco meses de relación y he estado pensando que es momento de irnos a vivir juntos –la ilusión en sus palabras era evidente—. Quiero despertar contigo a mi lado y concluir mis días susurrándote al oído que te has vuelto todo para mí. ¿Qué te parece? –su astuta capacidad para persuadir se interpuso de inmediato.

—¡Delilah, me tomas por sorpresa! —se detuvo y la miró, manifestando su nerviosismo. —No tengo mucho que ofrecerte, mis ahorros se están agotando, siento que nos estamos precipitando. No sé si es buena idea eso de irnos a convivir. —estaban detenidos en medio de la congestionada vía.

—Pero Carlos, yo te he dado todo de mí, complazco tus deseos, te saqué de tu solitaria manera de vivir y mírate, ahora me rechazas. —cuestionó su reacción.

—Delilah, no puedo seguir con esta doble vida, ya ni conozco quién soy. Hemos permitido tantas cosas entre nosotros, nuestras decisiones no nos conducirán a nada bueno. –su desahogo era genuino. —Necesito encontrar nuevamente mi camino, siento que vivo en medio de un torbellino que por necio provoqué, espero puedas comprenderme.

Delilah se echó a llorar angustiada y en su desespero se marchó corriendo sin decir ninguna otra palabra. Carlos sintió un gran dolor en su corazón. Extenuado por sus pensamientos se dirigió a una parada de autobús cercana. Cabizbajo y entristecido, miró su reloj, faltaban cinco minutos para las doce. Sumergido en su pena, sólo pensaba en las veces que su Mejor Amigo le dijo: «Cuando cometas algún mal y te sientas sumido en el fango mundanal, consúltame de inmediato, yo no te rechazaré ni juzgaré». Una gran confusión invadió la mente de Carlos y se dijo: "¿Cómo pudiste caer tan bajo y echar a la basura todos los buenos consejos que te dieron? Estabas tan enfocado en tus sueños, y de la noche a la mañana estás a punto de perderlo todo".

Sentía pesar y arrepentimiento. Se notaba traicionado por sus propias decisiones. Esa madrugada no pudo conciliar el sueño pensando en tantas cosas y preocupado por Delilah, de quien no tuvo noticias.

No lo vio venir

Llegó la mañana, en el apartamento imperaba el silencio hasta que tocaron la puerta, la insistencia del timbre despertó a Carlos, quien enseguida carraspeó y se dirigió a la puerta.

—Buen día, ¿quién es? —dijo mientras bostezaba.

—Policía de Nueva York. —la voz sonó tan firme como áspera—. Buscamos a Carlos Rossi —un repentino frío recorrió todo su ser, y enseguida abrió la puerta.

—Sí, yo soy… —su voz temblorosa apenas se escuchó —. ¿Pasó algo, dígame? –estaba asustado por la inesperada visita.

—¿Conoce usted a Delilah de la Rosa? —preguntó un policía.

—Sí, oficial, es mi novia, pero ¿dígame qué sucede? ¿Por qué tanto rodeo? —un aire de temor estremeció su vientre—. ¿Ella está bien, verdad? ¡Por favor díganme que está bien! —la tensión en el ambiente produjo un repentino silencio.

—Hemos venido a informarle que su cuerpo fue hallado esta mañana en un callejón, cerca de un club de baile en Queens. Todo indica que falleció por sobredosis de heroína. Aún estamos investigando la escena. Lamentamos su pérdida… —los oficiales inclinaron su cabeza.

Carlos cayó de rodillas y comenzó a llorar amargamente.

—Es mi culpa, esto no habría pasado si yo me hubiese quedado con ella —se sentía devastado por la culpabilidad—. Yo pude haberlo evitado desde el principio, perdóname Dios, perdóname por favor.

—Debe venir con nosotros para la identificación del cuerpo. Ya buscamos en nuestros archivos y no tiene familiares cercanos, en su cartera solo se encontró su identificación, una tarjeta con la información de usted... También había una prueba de embarazo.

Cientos de imágenes surcaron la mente de Carlos, como si asistiera a una proyección que avanzaba a gran velocidad.

Cada vez era más consciente de haber tomado un desvío que le provocaría heridas tan profundas que tardarían en cicatrizar. Ese giro inesperado le causó un trauma de tan gran calado que marcaría su trayectoria de vida...

Capítulo 6

ES AHORA O NUNCA

Sensatez

*«No dejaré pasar más tiempo: me he puesto
a pensar en mi conducta, y he decidido
seguir tus mandamientos».*

Salmos 119:60 (TLA)

Son muy pocas las personas que conocen los traumas por los cuales Carlos ha tenido que atravesar; la ingente masa de fans que lo siguen y veneran solo ve el éxito, resultado del esfuerzo y la superación de un hombre común que navegó en desafiantes tempestades y pudo prevalecer, no por méritos propios ni con base en conocimientos personales, sino porque decidió confiar en la luz. No se enfocó en cualquier fulgor artificial, sino en el faro inconmovible que se alza en tierra firme para guiarlo a su salvación.

Son los testigos oculares, quienes conocen de dónde se alzó Carlos, los que entienden que el llamado y misión que ahora tiene es mayor que los conflictos que tuvo que enfrentar a lo largo de su vida.

Desde el otro lado

Con delicadeza Carlos se desata el elegante lazo azul índigo y desabrocha el primer botón de su camisa de seda blanca. Se siente en confianza entre su público y necesita expresarse sin inhibiciones.

—Dicen que el tiempo cura todas las cosas; en cierto modo, tienen razón, siempre y cuando los acontecimientos que causaron dolor en el pasado sean asimilados en el presente con arrepentimiento, anhelo de superación y una actitud de agradecimiento a Dios. —su semblante delata que Carlos ha superado enormes aprietos—. Estuve sumergido en la miseria de la depresión. Apuré hasta el final la copa de la ansiedad y de otros males que secuestraron mi felicidad y a punto estuvieron de terminar con mi vida para siempre. Pero, mírenme, ¡aquí estoy! —asiente con la cabeza, afirmando que le fue posible vencer.

Carlos comienza una nueva melodía totalmente diferente, la proyección de la orquesta es enérgica; las notas van impregnadas en adrenalina suficiente para superar cualquier temor y avanzar hacia la añorada victoria.

En el momento que las puertas se cierren para ti,
no dejes de creer, con la ayuda de Dios podrás vencer.
Se acercará el temor a decirte que no lo lograrás,
tú le dirás: yo soy victorioso en el nombre del Señor.

Victorioso, victorioso en el nombre del Señor.

Si sientes desmayar por la carga que llevas sobre ti,
te fortalecerá la victoria que pronto alcanzarás.
No hay preocupación para los que confían de verdad,
porque tú eres victorioso en el nombre del Señor.

Victorioso, victorioso en el nombre del Señor.

¡No hay oposición que pueda detenerte ni intimidarte.
Persiste en la oración y declara su Palabra que
permanece siempre fiel. Tú eres victorioso!

Su voz se alza por encima de la música:

—Son tantas las veces que has dicho: "No puedo más, no tengo las fuerzas, no creo poder alcanzar la meta", sin embargo, ¿has pensado que tal vez no tengas una próxima oportunidad de volver a intentarlo? Benjamín Franklin dijo: "No dejes para mañana lo que puedes hacer hoy". —voz y música armonizan, conjugando un poderoso mensaje para la audiencia. —Levántate y conquista tu montaña, pues es momento de emprender nuevos horizontes. Deja atrás todo aquello que te provoca ansiedad; echa a un lado el peso de la culpa y corre con determinación sin volver la vista atrás, ¡no te detengas!

La sala se ha vuelto un campo de triunfo y gloria, se escuchan voces cantando con júbilo, otros gritan de entusiasmo y muchos aplauden con energía.

El llamado a la verdadera libertad

Carlos Rossi se ha vuelto embajador del mismo cielo, su misión es provocar un cambio real en la generación que le sigue y le admira. En una ocasión su Mejor Amigo le dijo: «La libertad del ser humano comienza por conocer la verdad; presta atención a mi palabra, vívela y compártela con el mundo para que seas un libertador de esclavos».

Desde entonces, Carlos se desempeña como un defensor de la verdad sin temor a quienes hablan lo contrario. Esta iniciativa lo ha llevado a prepararse formalmente en el campo de la teología, psicología e incluso ha sido portavoz de grupos políticos conservadores, todo para hablar en representación de lo correcto. Carlos Rossi está muy pendiente al acontecer mundial, las tendencias del momento y la crisis provocada por el libertinaje, por eso, a través de su música busca denunciar a quienes a diario manipulan a millones de jóvenes, indefensos e ingenuos, con el objetivo de inducirles al mal y trastornar sus vidas.

Las canciones de Rossi son discursos de esperanza y superación, pero tambіén de confrontación. El poder sanador en su música ha rescatado a personas de la depresión y confusión de identidad, e incluso de las garras de la muerte. Escuchar y cantar los éxitos de Carlos Rossi transmite una autoridad sobrenatural que no tiene explicación humana, proyecta aroma de cielo.

El sonido de la victoria

—Canten conmigo este coro que dice así: ¡No hay oposición que pueda detenerte ni intimidarte! Persiste en la oración y declara Su Palabra que permanece siempre fiel. ¡Tú eres victorioso!

Este concierto no es un evento de carácter religioso, es mucho más que eso: es un encuentro con el Creador del universo.

Ahora es un buen momento para que ocurran grandes prodigios en la sala y que la vida de todos aquellos, que así lo dispongan y deseen, sea restaurada tal como le aconteció a Carlos.

Y ocurren... Las cosas están ocurriendo.

Los destellos de luz multicolor arrancan reflejos de las lágrimas que surcan algunas mejillas. Gotas que fluyen de los lagrimales de muchos de los presentes, se deslizan por sus rostros y se precipitan, como goterones de lluvia, hasta formar un pequeño océano en el suelo.

No es emoción, sino transformación. Es la evidencia externa de algo que ocurre en el interior de aquellos corazones.

Rossi fue tocado por el cielo y ahora toca con el cielo. Fue transformado por Dios y ahora transforma con él.

La atmósfera está henchida de algo que trasciende a lo humano... En aquella escena hay elementos que asombran, pero también están los que transforman. Luces, destellos, humo, sonidos... Solo son un medio para alcanzar el fin: vidas transformadas; ruinas convertidas en obras de arte; desechos reciclados por el Divino Artesano y que él convierte en tesoros.

Todo eso pasa en aquel auditorio que se ha convertido en antesala del cielo.

Sí, ocurren... Las cosas están ocurriendo... Algunas son perceptibles a la vista, y Carlos Rossi se conmueve al verlas, pero las más importantes suceden en ese plano interior, donde los ojos no alcanzan. Allí suceden milagros que afectan presentes y futuros... Que cambian vidas y resuelven eternidades. La oportunidad es ahora o nunca...

Porque el mundo está comenzando a ver lo que Dios hace con alguien que se rinde incondicionalmente a él... Con alguien que no permite que los errores del ayer bloqueen las victorias del mañana.

Capítulo 7

UN PASAJE DE REGRESO A CASA

Iniciativa

«Éxito no es llegar a un destino placentero; el éxito es una trayectoria de obstáculos, sacrificios y, muchas otras veces, un recorrido a solas con Dios».

Ricky

Versos de gratitud

Un rayo de sol asoma por la ventana de cristal del cuarto donde Carlos, sumergido en un mar de emociones, abre una pequeña maleta de cuero color marrón y extrae un hermoso cuaderno. Junto a su escritorio de madera se aprecia un birrete negro y una estola amarilla con el distintivo académico: Summa Cumme Laude. Seis años transcurrieron desde que alcanzase esa meta... pasaron tan deprisa... un día eres un pequeño que juega a las escondidas con los amigos y al otro, te has convertido en un adulto con preocupaciones y responsabilidades. Y pensar que muchas personas dudaron que este día llegaría para el joven músico. Superar las adversidades y sanar el pasado costó lágrimas, desvelos y, lo más difícil, perdonarse a sí mismo.

Divagar y caer es algo natural en todos los seres humanos, pero aferrarse al lodo del fracaso y lamentarse de por vida no es una alternativa que resuelva nada en absoluto. Fue alguien sabio quien afirmó: «errar es humano, perdonar es divino, perseverar en el error es diabólico». Carlos pudo haber echado raíces en la tierra equivocada, un espacio carente de recursos donde por último se secaría y desaparecería para siempre. Sin embargo hubo personas que velaron por su bienestar, le ayudaron a crecer y a madurar, estos héroes son parte de su historia y siempre serán reconocidos con amor.

Sentado frente a su cuaderno de promesas, aquel que su Mejor Amigo le propuso que escribiera, toma con delicadeza el bolígrafo que cuelga del bolsillo de su camisa blanca y posa su mano sobre una nueva página desnuda. Reflexiona unos segundos y comienza a conjugar palabra tras palabra, inmortalizando los pensamientos de gratitud que en ese momento hacen su magistral debut.

«Hoy, treinta de junio de dos mil seis, alcanzo una de mis metas, este sueño de convertirme en un mejor músico me costó un alto precio, pero valió la pena pagarlo. La escarpada fue empinada, pero valió la pena escalar. Al principio pensé que por el hecho de ser talentoso el camino universitario sería más fácil, creí que enseguida las puertas del mundo artístico se abrirían de par en par. ¡Qué ingenuo fui al pensar de esa manera!

Entonces decidí volver a comenzar, renunciar una vez más a mi orgullo y transformar mi vida ordinaria en una vida con propósitos, sentido común e identidad propia; solo así empecé a cosechar buenos resultados. Entendí que hacer lo correcto es lo correcto, ahora tengo paz en mi alma y comunión con Dios, Él me llenó de satisfacciones que no tienen comparación.

Gracias a ti, querido Amigo, por siempre estar presente y cumplir cada una de tus palabras. Tal como dijiste en un principio, cumpliste, por eso hoy desfilaré en mi graduación y lo haré consciente de que tus promesas son fieles y verdaderas aun cuando cometí graves errores. Gracias porque nunca me acosté sin comer, siempre hiciste provisión de refugio y tu abundancia ha sido manifiesta en todo momento. Lo que más me impresiona es que me alzaste, pero todos te reconocen como figura central de este triunfo, ¡sin ti, Amigo mío, no lo hubiera logrado!

¿Pero sabes?, tengo sentimientos encontrados: miro atrás y veo que mi padre ya no está, sin embargo, lo recuerdo y lo honro porque soy su hijo; por otra parte, mami estará en el auditorio ocupando un lugar muy especial y me complace saber que soy parte de su orgullo y felicidad. ¡Hoy es su cumpleaños! El cumpleaños de mami... y qué mejor regalo para ella que ver el cumplimiento de una de sus peticiones a Dios. Estoy feliz por eso... Verá sus oraciones contestadas.

Tengo la certeza que de ahora en adelante nuevas puertas se abrirán, muchos caminos han de ser recorridos y gentes de todas partes serán bendecidas por el don que el Creador ha puesto en mis manos. Estoy seguro de que Él suplirá mis necesidades y no olvidará ninguna de mis peticiones. La oposición, el desánimo y el lastre del pasado no podrán detenerme, tampoco intimidarme, seré un hombre victorioso, anclado en los principios que aprendí de tu Palabra. Hoy rectifico mi compromiso con Dios y contigo querido Amigo, estoy dispuesto y disponible para hacer tu perfecta voluntad».

Reiniciando destino

Carlos alcanzó, gradualmente, etapas de éxito. Entendió que cada triunfo merecía ser celebrado en grande y si, por alguna razón, experimentaba el fracaso, se apartaba solo el tiempo necesario para analizar la situación, hacer autocrítica y formularse preguntas con una conciencia realista y sincera.

Al transcurrir el tiempo y tras muchos esfuerzos, llegaron temporadas de abundantes cosechas. Los proyectos musicales, las alianzas con artistas internacionales y propuestas lucrativas no se hicieron esperar. Dios fue prosperando y bendiciendo al aclamado músico dentro de un mundo que, según muchos soñadores, aludía a envidiables e inalcanzables oportunidades.

La firmeza del hombre está condicionada por su fundamento; los pilares que sostendrán su estructura son aquellos principios, creencias y valores con los cuales fue instruido. Carlos aprendió en su niñez del buen ejemplo de su madre, sus abuelos y familiares.

Atesoró los sabios consejos recibidos. En una ocasión de debilidad y contienda, Carlos escribió una frase en su cuaderno de promesas: «Llegarán ocasiones donde no habrá quien te brinde buenos consejos, entonces tendrás que aferrarte a las enseñanzas que aprendiste de mí». Eran palabras destiladas de la sabiduría de su abuelo materno. Ciertamente el abuelo deseaba que Carlitos fuera un hombre de bien.

Dicen que todo en la vida comienza y termina con influencia y liderazgo, por eso, una mañana, mientras Carlos disfrutaba de una deliciosa taza de café griego frente a un pueblito costeño de Atenas, su Mejor Amigo le encomendó hacer buen uso del poder que le había sido conferido.

—Carlos, comparte con la gente las cosas buenas que aprendiste de mí –sus palabras llegaron con la suavidad de la brisa que acariciaba su cuidada barba. —Mucho tiempo he invertido en ti… eres anillo en mi mano derecha y te he dado autoridad para que seas un libertador. Resplandece en medio de la densa neblina que arropa a quienes no me conocen, ve tras ellos y háblales de mí —su mirada irradiaba amor y ternura.

Carlos afirmó con su cabeza mientras contemplaba el matiz de colores naranja y azul que se pintaban sobre el cielo y el mar.

—Querido Amigo, ten por seguro que nunca olvidaré tus consejos, a cada lugar que vaya, en cada tarima que amenice, allí seré un mensajero fiel de tu Palabra. –el sol naciente del mediterráneo se reflejaba en sus gafas Dolce & Gabbana.

—Carlos, la vida es una constante lucha: cuando todo marche bien, piensa en mí, alégrate y deléitate en tu juventud; pero, cuando las situaciones se levanten en tu contra, no olvides que yo estaré contigo, porque muchas son las aflicciones del justo, pero de todas ellas será rescatado.

Rossi desarrolló el buen hábito de hablar incesantemente con su Mejor Amigo, al punto de que no existían secretos entre ellos; llegaron a estar tan unidos que hasta los sueños compartían. En cada gira de conciertos se llamaban para dialogar de las maravillas que acontecían en sus presentaciones.

Un cuadro perturbador

Ya era el año dos mil diez, aunque su popularidad incrementaba y su carrera musical prosperaba, algo en su salud no iba bien.

Una fría madrugada de noviembre, estando hospedado en un lujoso hotel en Noruega, Carlos despertó bañado en sudor, nervioso y atemorizado por la escena que percibió en una desesperante pesadilla. Los dígitos rojos del reloj que había sobre la mesita de noche, indicaban que eran las cuatro y cincuenta y nueve. Aún sentado en la moderna cama capacidad King, una álgida sensación invadió todos sus sentidos, causándole gran confusión y ansiedad.

Ya había olvidado lo que se sentía al estar bajo el dominio del miedo. Pasaron algunos minutos y en su mente permanecía, obstinada, la imagen de aquel sombrío pasillo de hospital, al fondo del cual se recortaba la silueta de una silla de ruedas de cuyo espaldar colgaba una gruesa cadena, un candado y un cartel que leía: "Carlos Rossi, este será tu destino".

Sentado sobre su cama, con la frente perlada de sudor y la camiseta del pijama pegada a su cuerpo a causa de la transpiración, Carlos Rossi dio un respingo cuando sonó su teléfono.

—¿Quién puede ser a esta hora de la madrugada? —nunca llegan buenas noticias a esas horas.

Acercándose a la mesa de noche se percató que en la pantalla figuraban las letras M-O-M, de inmediato contestó.

—¡Mami, bendición…! ¿Estás bien? ¿Te ocurre algo?

—Dios te bendiga, Carlitos. —la voz de su madre surgía como impregnada en emoción.

—Es muy tarde para ti, mami, ¿qué pasó? –Carlos estaba seguro de que algo había sucedido, y sentía pánico de escucharlo.

—A papito le dio un derrame cerebral. Tienes que venir de inmediato, por su avanzada edad puede que no resista un día más —era el abuelo de los muchos consejos, aquel anciano que siempre tuvo una anécdota que contar. ¿Podría ser que hubiera llegado su hora? Negó Carlos con fuertes movimientos de cabeza. Se resistía a aceptar esa posibilidad.

—Si, mami, no te preocupes, enseguida compro un pasaje de regreso a casa...

Saltó de la cama y recorrió su cuarto a grandes zancadas. Caminaba de un lado para otro, como león enjaulado.

—Dios, cuida de él, te lo suplico —se arrodilló y quedó postrado, hasta que su frente tocó el suelo—. Permite que se recupere... Lo necesito más tiempo conmigo...

Capítulo 8

LAS CAUSALIDADES DE LA VIDA

Transformación

«En esta vida todo tiene su momento; hay un tiempo para todo».

Eclesiastés 3:1 (TLA)

El comandante ha activado la señal luminosa de uso obligatorio del cinturón de seguridad. El avión se aproxima a la pista de aterrizaje y en breve tomará tierra. Quince horas han transcurrido desde que Carlos iniciara su precipitado viaje de regreso a Puerto Rico. Su mirada evidencia el agotamiento y la incertidumbre que lo embarga ante lo que pueda aguardarle. La preocupación le provoca una inusual pérdida del apetito y el cambio de horario le hace lucir un poco aturdido.

Ha dejado atrás una agenda repleta de entrevistas y presentaciones; la fama y el reconocimiento compensan en cierta manera, pero solo a cambio de un precio muy alto. La reciente gira musical ha resultado ser exitosa; sin embargo, su descanso es interrumpido por fuertes dolores de cabeza y constantes espasmos. ¿Será el estrés?, tal vez ahora que regresa a casa, pueda reponerse un poco del perturbador cansancio.

Sumergido en una tempestad de pensamientos y recuerdos que le golpean fuertemente el corazón, el inesperado estremecer del avión y el chillar de las ruedas sobre la amplia pista sanjuanera, le indican que ha llegado a su destino.

Con voz tenue, la simpática azafata de aspecto corporativo se dirige a los pasajeros:

—¡Bienvenidos a Puerto Rico! La hora local: seis y doce de la tarde, la temperatura: ochenta y tres grados, el cielo completamente despejado. –se escuchan aplausos y fanfarria de voces a su alrededor —Será una noche hermosa en la Isla del Encanto, a ustedes que han llegado a casa, feliz regreso y linda estadía.

Carlos siente un gran desasosiego, no obstante, en lo profundo de su ser, se despierta una sensación de esperanza… de todos modos, esta es la isla bonita que le vio crecer.

Un servidor del cielo

Con equipaje en mano y deseando no ser reconocido por algún fan, se precipita de inmediato a la concurrida salida del terminal, donde el chófer de su transporte le identifica y se dirige a él.

—¡Señor Rossi, es un placer conocerle!

—Tú debes ser… Juan, ¿verdad? —le tiende la mano en un cortés saludo.

—Si, señor, un servidor. —con respeto se aferra a la mano de Carlos, lo mira fijamente y sonríe.

El joven se apresura a introducir el equipaje en el maletero de su vehículo BMW 328i, color gris espacial, último modelo, su objetivo es completar la tarea que le ha sido encomendada.

—Señor Rossi, despreocúpese y póngase cómodo, su Mejor Amigo tiene todo bajo control. Ahora nos dirigimos al hospital, le están esperando.

Velozmente se ponen en camino al Centro Médico de Río Piedras, allí Carlos se reencontrará con su madre, algunos familiares y verá a su querido abuelo. Lo que ignora es que algo más está a punto de suceder...

Durante el trayecto le resulta inevitable evocar la escena de su accidente de tránsito; dicen que recordar es revivir, aunque hay situaciones que deberían quedar en el olvido.

—Juan, gracias por tu atención. Mi Mejor Amigo me habló muy bien de ti, me dijo que me asistirías durante el viaje, y créeme que lo agradezco -en el auto impera una atmósfera de paz—. Es increíble cómo pasa el tiempo, hace diez años me fui tras mi sueño, puedo decir que lo logré, pero implicó distanciarme de quienes amo -se toma un momento para concluir. —Hoy estoy de regreso a casa... pero con una gran preocupación dentro de mí.

Carlos enfoca la mirada en la ventana del automóvil y sus ojos se pierden en la congestionada vía.

—Señor Rossi, ¿me permite recordarle una promesa?

—Claro que sí, Juan.

—La Biblia dice: «Y sabemos que para los que aman a Dios, todas las cosas que suceden son para bien, porque conforme a su propósito han sido llamados»; ¡usted es un escogido de Dios, tenga confianza en él! —un silencio reposado se establece en el automóvil.

—¡Tienes toda la razón! —asiente con la cabeza—. ¿Por qué he de temer? En Dios pondré mi esperanza y lo alabaré —parece recuperar seguridad y nuevas fuerzas.

—¡Así se dice, señor Rossi, así se dice!

El ánimo de Carlos se recompone y su semblante, aunque cansado, denota confianza. El tiempo de los milagros no ha pasado. Es posible que uno de esos prodigios toque a la puerta del abuelo materno y lo levante. ¿Qué impide que un milagro bendiga la vida del músico, cuyo corazón se debate en soledad?

La fe puesta a prueba

El pasillo del área de trauma cerebral se hace eterno. Con paso firme lo recorre, y con cabeza erguida se detiene frente a la puerta tras la que está su abuelo. La fría atmósfera que permea en el recinto se infiltra en su sistema nervioso y por un instante le paraliza. Reacciona sacudiéndose la tensión que le invade, inhala y exhala profundamente el aire que se ha vuelto pesado como un ancla y como un niño que se adentra a una zona desconocida, empuja sutilmente la puerta.

—¡Carlitos, ya llegaste!

De un salto, su madre se levanta del asiento que durante las pasadas horas se ha vuelto su aposento. Lo abraza fuertemente y llora sobre su hombro.

—Mami… no te preocupes, todo saldrá bien —dándole un poco del ánimo que guarda para sí.

Tomados de la mano se aproximan a la especializada camilla donde el abuelo permanece conectado a modernas pantallas, dependiente de sofisticados aparatos médicos.

—Papito no responde al tratamiento… —informa, afligida, su madre—. Son ochenta y tres años, su cuerpo no tiene la energía necesaria para reponerse del infarto cerebral. Solo un milagro de Dios puede sanar a tu abuelo. —mantiene la mirada en su padre.

—Mami, yo sé que algo especial va a suceder… —lo declara con más fe de la que en realidad siente—. Necesitamos tener al menos una pizca de confianza; no creo mucho pedir que aspiremos a una fe del grande de una semilla de mostaza, ¿verdad?, eso será suficiente.

—Sí, Carlitos… nuestro Dios es Todopoderoso, en Él confiaré.

Elizabeth regresa al asiento reclinable para descansar un poco, mientras Carlos, parado frente a su abuelo, lo contempla con amor. Una lágrima furtiva escapa sin avisar, e inconscientemente sonríe al recordar tantos momentos emotivos de su niñez junto al viejo sabio. Es la primera vez que lo ve enfermo, inerte y con pocas posibilidades de vivir. Aunque el cuadro es lamentable, no todo está perdido aún.

Meditando en silencio, Carlos recuerda unas palabras que escribió en su cuaderno de promesas, un mensaje que recibió años atrás en una casa disquera de Nueva York. Allí, un anciano que parecía esperar a alguien, se acercó y le dijo:

«Desde que llegaste te he observado y puedo ver, a través de mi espíritu, que Dios ha puesto algo especial en tus manos y en tu voz. No sé quién eres, no conozco tu pasado, pero hoy tengo una palabra para ti. Tienes un don de Dios para orar por los quebrantados de salud y que al instante reciban sanidad, incluso en ocasiones orarás por muertos y serán resucitados. Parece imposible de creer, ¿verdad?, no dudes. Dios pondrá ángeles a tu alrededor para que te acompañen, canten y toquen contigo, grandes milagros tú verás. Recuerda, no eres tú, es el poder dentro de ti. Él cumplirá todo esto en ti, si en obediencia confías en Su Palabra».

En la mente de Carlos Rossi se desata una feroz batalla: la duda contra la fe. No vencerá la duda. ¡Es momento de poner la fe a prueba!

Carlos se inclina al oído de su abuelo y posa ligeramente la mano sobre la frente del anciano. En voz baja levanta un clamor a Dios:

—Mi Señor… tú, dador de la vida, el único que conoces los tiempos del hombre, a ti elevo mi voz. Me acerco a tu presencia porque eres bueno, justo y misericordioso. ¡Nadie como tú! —hay convicción en sus palabras. —Vengo humillado y reverente a darte gracias por la vida de abuelo. Tú lo creaste, lo formaste y lo constituiste como siervo, por eso te agradezco, porque gracias a él yo te conocí. Ahora simplemente te pido que te acuerdes de su fidelidad en el lecho de la muerte. En obediencia y con fe, expreso estas palabras, reconociéndote como su salvador, su protector y su sanador. Gracias por la restauración de su salud, la gloria y la honra te pertenecen ahora y siempre. En el nombre de tu hijo, amén.

El ambiente se ha inundado de una presencia celestial, una brisa sobrenatural recorre la habitación y, de pronto, el monitor que registra la actividad cerebral, mudo hasta ese instante, comienza a emitir una secuencia sostenida... El cerebro ha comenzado a funcionar... Algo maravilloso está ocurriendo delante de sus ojos. Al instante, Elizabeth cae sobre sus pies y con fascinación exclama:

—¡Carlitos, esto es un milagro! —cubriéndose la boca con ambas manos —. Papito está reaccionando, mírale, mueve sus dedos. ¡Gloria a Dios, Él nos ha visitado!

Carlos, sin poder salir de su asombro, suspira y levanta sus manos al cielo. En su mente resuena una simple pregunta: «¿No te he dicho que si crees verás la gloria de Dios?». Su Mejor Amigo siempre le ha instado a creer; aun en los momentos donde pareciera no haber solución, allí hay lugar para un hermoso milagro.

Dos enfermeras de turno, atraídas por el alborozo, entran en el cuarto.

—¿Por qué tanto bullicio, qué ha pasado? —pregunta una de ellas, temiendo que el anciano haya fallecido.

—Enfermera, mi abuelo está reaccionando, mírelo usted misma…

—¡No es posible! —pronuncia la otra enfermera, percatándose del suceso prodigioso. —¡Hay que buscar a la doctora, esto es un milagro!

Carlos abraza a su madre, ella no sabe que su hijo fue el instrumento que Dios usó para la sanidad de su padre.

Un momento increíble

La neuróloga hace su entrada acompañada de las enfermeras. Sin dudar de la situación, se acerca al paciente y le habla al oído:

—Don Justino, soy la doctora Isabel Villanueva, ¿puede usted escucharme?

Al instante el anciano trata de mover su cabeza para responder a la joven interrogadora. La doctora, muy emocionada, se gira, y con una sonrisa cautivadora pone fin al tenso episodio.

—Familia, todo va a estar bien…

Carlos ha quedado cautivo de aquella sonrisa. Embelesado por tanta gracia vestida de blanco celestial, no puede disimular la impresión. Sus ojos se mantienen fijos en la doctora. Su madre, que lo conoce muy bien, percatándose de lo que está ocurriendo en su hijo, se aproxima a la doctora:

—Miss —le dice—, permítame presentarle a Carlos Enrique, mi hijo mayor.

—Mucho gusto, Carlos, ¡qué bueno que estás aquí con tu abuelo! –volviendo a administrar su sonrisa, que penetra en el sistema nervioso de Carlos, como un relajante muscular.

—Doctora, el placer es todo mío… —sus manos han comenzado a transpirar sin previo aviso.

—Te ves algo cansado —le advierte la doctora—, cuídate de un desgaste físico, ¡yo sé lo que te digo! —parecieran las constantes insistencias de su madre.

—Fíjese doctora, he tenido días mejores y también peores, se lo puedo asegurar… —intenta ocultar su nerviosismo, sonando jocoso.

—¡No lo dudo!… —un silencio cargado de intriga y expectación se establece entre ambos. —¿Déjà vu?, no puede ser… —dice ella en voz baja.

—Doctora, ¿todo bien?... —Carlos queda preocupado por el cambio de semblante en la joven especialista.

La neuróloga lo mira con fijeza.

—Esa frase me parece tan conocida —le dice—. Hace muchos años un chico llegó a este hospital con serios traumas en su cuerpo, en ese entonces yo era una enfermera practicante y en ocasiones estuve a su cuidado. El día que despertó de su trastorno de estrés postraumático, me pidió escuchar la radio, parecía tener una gran pasión por la música; entonces le facilité un pequeño radio donde yo escuchaba contenido cristiano cuando me sentía afligida. Al día siguiente hubo una pérdida en mi familia, entonces me aparté del hospital por espacio de dos meses y cuando regresé a trabajar el muchacho ya se había ido a su casa. ¡Por cierto, su nombre también era Carlos… qué casualidad! Lo recuerdo porque me dejó una emotiva carta junto con el radio que le presté.

Tal disertación provoca un impacto brutal en Rossi. No tiene la más mínima duda de que el joven del relato es él. El nerviosismo perla de sudor la frente del músico.

—Doctora… —la voz surge quebrada a causa de la emoción—, he aprendido que en la vida no hay casualidades sino *causalidades*.

Sus miradas se cruzan una vez más y un brillo inusual se despliega entre los dos. Los años no pasaron en vano, el temor se interpuso por un momento, pero en un instante sus memorias revivieron.

—¡Eres tú!... —exclamó la doctora. —¡No lo puedo creer, pero qué mucho has cambiado!

En un inexplicable impulso, la doctora se acerca y abraza a Carlos, quien no ofrece la más mínima resistencia.

—Gracias por las palabras en aquella humilde carta, en realidad alegraste mis días por mucho tiempo —está emocionada por el encuentro.

—Te confieso, que algo en tu sonrisa deleitó mi corazón.

El reencuentro de dos extraños tras una década de enigmas. La escena, propia de una película de Hollywood, ocurrió y siguió desarrollándose, pese a sus complicados estilos de vida, en forma de una bonita y estrecha amistad.

Para el asombro de muchas personas, la salud del abuelo Justino mejoró y vivió muchos días más… ¿Será que todo era parte de un plan divino? ¿Orquestó Dios las circunstancias para provocar el reencuentro de un músico y una doctora?

Después de una noche oscura, el sol nuevamente saldrá…

Capítulo 9

EL AMOR TODO LO PUEDE

Optimismo

«La angustia causa tristeza;
pero una palabra amable trae alegría».
Proverbios 12:25 (TLA)

El intermedio

El músico hace una pausa en su largo viaje de recuerdos, y está de nuevo en el camerino, donde el pulido espejo refleja la imagen de un hombre templado, feliz por lo alcanzado y agradecido ante el porvenir. Un tipazo alegre y simpático…¡sí! Quienes lo acompañan en el camino de la vida son personas que lo aman y valoran por como él es, no hay otro interés en ellos. De eso se trata la vida, de compartirla con los que nunca renunciaron a uno y viceversa; asimismo hay que estar a la disposición de quienes, en el discurrir de la vida, precisarán nuestro favor.

Frente al espejo, Carlos Rossi toma un instante para revisar cada detalle de su nuevo atuendo, es el último cambio de vestuario de la noche, el gran cierre se aproxima y la multitud de fans aguarda su regreso. El traje color azul marino, elegante y ajustado con delicada precisión, le hace lucir como un experimentado comandante. Lleva en su cuerpo la condecoración por las circunstancias que desde temprana edad tuvo que afrontar, fueron muchas las cosas que le causaron heridas dolorosas, sin embargo, todas ellas eran necesarias para que su vida alcanzara el propósito de Dios.

A minutos de retornar a la tarima, un hermoso recuerdo ocupa su atención. El espontáneo pensamiento lo transporta a un momento sublime; sin duda uno de los más emotivos de su existencia.

—Carlitos, ¿estás bien? —preguntó su madre frente a la puerta cerrada.

—Sí, mami, ya casi estoy listo… —se escuchó desde el interior del cuarto.

—Ok. Tu hermano espera por nosotros, no te tardes! —se dirigió al auto.

—¡Enseguida salgo! —exclamó a la distancia.

Un poco agotado y ansioso ingirió los analgésicos para el dolor de cabeza y con dificultad, terminó de ponerse sus zapatos John Lobb, color caoba, estilo 2005; un obsequio de su primer empleador, el dueño del estudio en Harlem donde Carlos inició su carrera musical. Don Roberto lo consideraba como el hijo que nunca tuvo, fue uno de los instrumentos que Dios puso en su camino y con su ejemplo lo enseñó a ser un hombre de trabajo y de palabra.

Junto con la elaborada caja de zapatos, una sencilla tarjeta escrita a puño decía:

«Carlos, un camino desconocido has de emprender. Estos zapatos representan el nuevo rol que vas a asumir; no siempre lucirán tan pulcros y relucientes, pero en tus manos queda su cuidado. ¿Sabes? Llegarán tiempos cálidos de verdes valles donde les será cómodo caminar, pero también el mal tiempo, donde toque pisar sendas cubiertas de cardos y espinos. Es posible que algunos obstáculos les laceren, provocándoles una tristeza momentánea, pero no se detengan, persistan en el recorrido, especialmente tú, pues sobre tus hombros recae una maravillosa tarea. ¡Avanza en todo momento, sé hombre! Aunque no puedas caminar, persiste, pero nunca renuncies a este par de zapatos. Ahora son tuyos. ¡Disfrútalos, querido hijo!».

El consejo del empresario caló profundo en su corazón; allí lo atesoró y se propuso nunca volver su mirada atrás.

Acicalado de pies a cabeza y menos fatigado, se puso la ceñida chaqueta azul marino, color que le sienta bien… se miró por última vez en el espejo y suspiró. Carlos lucía muy elegante, sin duda su mamá se entusiasmará al verlo. La bocina del auto sonó dos veces, lo suficiente para saber que ya era el momento de partir, la hora había llegado.

Un día especial

Un goterón de sudor recorrió la sien de Carlos hasta su barbilla y se precipitó al vacío. Se movía de un lado al otro como un soldado a punto de ir a combate. Nunca antes su reloj de muñeca le había provocado tanta tensión; el tiempo parecía detenido, los segundos estaban de brazos caídos. Parecía su primera vez en una tarima, ¿quién lo diría?, sus manos transpiraban descontroladamente. Junto a él, su Mejor Amigo, quien parecía personificar un inseparable escudero, con voz dulce, le dijo:

—Tranquilo, no temas, yo estoy aquí. —apoyando la mano suavemente sobre su hombro. —He esperado este momento con mucha ilusión, desde el principio supe que lo lograrías… mírate, a pesar de tantos tropiezos, aquí estás. —con ternura lo miró y le abrazó.

—Querido Amigo, ¿qué sería de mí si no me hubieras alcanzado? —respondió Carlos. —Tu amor me trajo hasta aquí y tu favor siempre ha estado conmigo, solo puedo darte gracias, muchas gracias. —ya sentía paz en su interior.

—Yo prometí nunca dejarte, estaré a tu lado en los triunfos y también en los fracasos, eso hace un verdadero amigo, hasta su vida entregaría por los suyos. —de sus ojos brotaron lágrimas de amor.

El diseño perfecto

De espaldas a los invitados, aguardaban la señal del viejo ministro que oficiaba la emotiva ceremonia, cuando, sorpresivamente, la orquesta de cámara quebró el silencio, iniciando la interpretación del primer Preludio de la Suite para cello de J.S. Bach. Murmullos de entusiasmo llenaron el aposento.

Carlos y su Mejor Amigo, tras mirarse, se giraron sonrientes a presenciar el magistral desfile angelical. Al verla ceñida en su asombroso vestido blanco perlado, elaborado con delicados encajes de brillantes y coronada de inigualable hermosura, el afortunado galán quedó paralizado. Tanta belleza le hizo pensar que estaba delirando, pero la voz resuelta, pausada y firme, lo trajo de regreso a la ceremonia.

—¿Quién entrega a esta mujer para casarse con este hombre? —preguntó el viejo ministro.

—Yo, su padre. —fundiéndose con su hija en un conmovedor abrazo. —Isa, te ves hermosa, te has convertido en una extraordinaria mujer, así como lo fue tu madre. —entregándola con un beso en la frente.

—Papá, te amo, lo diste todo por mí, mamá estaría muy orgullosa de ti. —las lágrimas en sus ojos esmeraldas fulguraban como diamantes en una tarde de verano.

Carlos se aproximó a la sentimental escena, abrazando respetuoso y agradecido a su suegro, luego, con suma delicadeza, sujetó la mano de la encantadora joven, promesa de Dios.

El tiempo pareció recuperar su ligereza y como un relámpago llegó el anhelado intercambio de anillos.

—Toma su mano y háblale a su corazón. –solicitó el viejo ministro al nervioso novio.

Zambulléndose en la tierna mirada de la mujer que se convertiría en su compañera de vida, pronunció de forma poética sus votos de fidelidad.

—Por mucho tiempo anduve pensando en este día tan especial; recorrí lugares asombrosos, pero allí no conocí a quién amar. Sentía que lograba realizarme en todo lo que uno puede soñar, sin embargo, como hombre no tenía con quién compartir mis sentimientos, mis anhelos e ilusiones. ¡Y pensar que un día estuvimos tan cerca el uno del otro!, pero aún no era nuestro momento… Entonces pasaron los años y Dios dispuso un nuevo encuentro entre nosotros, en medio de la incertidumbre y la desesperanza, en un lugar donde jamás pensé hallar el amor. Desde aquel noviembre que jamás olvidaré, pude entender muchas cosas de mi trayectoria de vida. Cuando me abrazaste supe en mis adentros que me enamoraría de ti. —cerrando los ojos tomó un sorbo de aire y suspiró.

—Con este anillo te recibo a ti, Isabel Villanueva Rodríguez, como mi legítima esposa y frente a estos testigos te declaro todo mi amor. Hoy prometo amarte y protegerte, lo haré en la alegría y en la tristeza, en la salud y en la enfermedad, en la abundancia y en la escasez; en todo tiempo caminaré junto a ti. Isabel, te amaré hasta el final, incluso cuando nos despidamos para reencontrarnos más allá del sol, en la perfecta eternidad junto a nuestro Dios. —con mano temblorosa, como estremecida de frío, y con lágrimas de emoción inundando sus ojos, colocó el anillo en el dedo de Isabel.

Ella aceptó ser su esposa y de igual forma prometió serle fiel en toda ocasión. Su compromiso era tan genuino como el de Carlos, lo amaba, respetaba y admiraba con la pureza que brotaba de su sublime personalidad. Entonces llegó el gran final…

—¡Carlos Enrique, puedes besar a la novia! —exclamó el viejo ministro.

Una atronadora ovación inundó la capilla. Fueron incontables las manifestaciones de amor y cariño. Una boda de ensueño, otra promesa de Dios cumplida.

Para los enamorados, no existen limitaciones de tiempo, ni espacio; el amor, todo lo puede.

Capítulo 10

ESPERAR EN TI

Salvación

*«Me libraste de la muerte, me secaste las lágrimas,
y no me dejaste caer. Mientras tenga yo vida,
siempre te obedeceré».*

Salmos 116:8-9 (TLA)

La unión matrimonial de Carlos e Isabel fue bendecida y prosperada por Dios; juntos comenzaron a proyectar metas para el futuro, haciendo camino al andar. Un hombre y una mujer se unen para constituir un hogar; en ocasiones será necesario dejar tierra, casa y parentela e iniciar un recorrido a solas con Dios. Como alguien dijo, a veces es necesario decir adiós a un buen pasado para abrazar un mejor futuro. Fue un nuevo comienzo…

Establecieron su hogar en La Florida, en la ciudad de Sarasota, territorio con hermosas playas de arenas tan blancas como el azúcar. Sus habitantes, custodios de la buena cultura, cuna del arte moderno y de la música popular. ¡Increíble lugar para vivir! Allí comenzaron a disfrutar de una felicidad plena.

Desde el principio decidieron establecer dos cosas como pilares de su convivencia: Buscar la dirección de Dios y mantener una vida de oración activa y constante. Esos elementos dotaron de enorme solidez al matrimonio. La familia Rossi Villanueva se convirtió en la dicha de muchas personas, pues estar cerca de ellos era como tener lo mejor de dos mundos. Las capacidades y habilidades del emprendedor dúo se complementaron para solidificar sus carreras y relaciones interpersonales.

Isabel se convirtió en la corona de su marido. Sus conversaciones, carisma y espontaneidad, hicieron de Carlos un mejor hombre. Por supuesto, él también la animó y la ayudó en aquellas cosas donde la inseguridad intentaba bloquearla.

Una pequeña semilla en el corazón

Con el transcurrir del tiempo las invitaciones, solicitudes y oportunidades llovían por doquier. Todo marchaba bien... Al menos en apariencia.

—Carlos —dijo un día Isabel—, llevo tiempo madurando una idea que cada vez me entusiasma más. Me gustaría comentarla contigo.

—¿Ajá? –respondió acercándose a ella.

—No sé si te parecerá una locura, pero sueño con la posibilidad de establecer una clínica de atención neurológica en Puerto Rico —lo dijo con cierto temor, consciente de que hablaba de una idea de envergadura gigantesca.

Carlos mantuvo la mirada en el rostro de su esposa durante varios segundos. Finalmente asintió varias veces con movimientos de cabeza y sonrió con una expresividad entusiasta.

—¿Quieres creer que llevo acariciando ese mismo sueño durante varias semanas? —la abrazó—. ¿Será posible que la ubiquemos en un lugar estratégico y accesible?

—¡Pues fíjate que sí!… llevo días con ese pensamiento, y ahora tú me dices eso, es como si la orden viniera del cielo. —confesó.

—¡Cariño, es una excelente iniciativa! —exclamó Carlos sorprendido. —Los centros neurológicos están todos localizados en la metrópoli del país. La posibilidad de recibir los tratamientos cerca de sus casas y sin tener que distanciarse de los seres queridos será una ayuda enorme para infinidad de personas. Carlos recordaba con estremecimiento todo el tiempo que su abuelo estuvo recluido lejos del hogar.

—¡Sabía que la idea te agradaría, pero no podía imaginar que tú mismo estuvieras concibiéndola! ¿Entonces me apoyas? —Isabel liberó su persuasiva sonrisa.

—Sí, claro que lo haré… ¡pero…con una condición! –objetó de inmediato.

—¿Qué te tramas, Carlos Enrique? —cruzó los brazos y levantó la ceja.

—¡Incluir un departamento de musicoterapia! ¿Te lo imaginas? El Centro de Neurología y Musicoterapia del Norte. —Gesticulaba emocionado mientras presentaba su propuesta.

—¡Amor, sería un sueño! Conozco estudios científicos que establecen la música como una herramienta esencial para vencer traumas en los pacientes.

—¡Seguro!… Aún recuerdo el pequeño radio que me prestaste en el hospital, esa fue mi terapia, ¡tú me salvaste la vida! —se acercó y la besó con ternura.

—No, Carlos… no fue así… tú me salvaste la vida con aquella carta. —confesó Isabel.

Una historia desconocida

En una ocasión, cuando aún eran novios, decidieron no traer nunca al presente sus fracasos del pasado, como dice la canción: «Ya todo he olvidado, a todo el pasado, ya le dije adiós». Sin embargo, Isabel desató de su interior un oscuro secreto que estremeció la vida de Carlos. Era como una historia dentro de otra.

—Cuando descubrieron el tumor cerebral de mamá, nuestro mundo se derrumbó. Su proceso nos afectó por completo. —sus ojos se aguaron al recordar el antiguo suceso. —La noche cuando mamá falleció, enloquecí de angustia. No podía aceptar que se hubiera ido tan deprisa. Furiosa grité al cielo: «¿Dios, por qué ella?, si hay tanta gente perversa en la tierra». Dicen que hay lutos que pueden resultar complicados, y el mío, sin duda, lo fue. Mi vida se volvió una interminable agonía,. Tan profundo fue el abismo emocional que llegué a concebir la idea del suicidio. —calló un momento.

Carlos puso su mano en el hombro de Isabel y aplicó una leve presión, guardando un respetuoso silencio.

—Pasaron dos meses y mi estado empeoraba. Papá tuvo que dejar su particular luto para estar pendiente de mí; su preocupación me rompía el corazón, e intentaba tranquilizarle diciendo que pronto estaría mejor —se detuvo ante un fuerte suspiro—. Entonces planifiqué mi final, solo tenía que decir que mi crisis estaba superada y reincorporarme a mi trabajo en el hospital.

Así lo hice, y el primer día fui de inmediato al depósito de medicamentos y sustraje la cantidad suficiente de antidepresivos y analgésicos para terminar mi dolor. Me dirigí a los vestuarios, un lugar retirado y suficientemente aislado durante las horas de visitas. Aterrada con el pensamiento que ocupaba mi mente, le cuestioné a Dios por última vez: «Mira lo que has provocado, no tengo otra salida, arruinaste mi vida, pensé que me amabas, pero me defraudaste… dime algo, al menos respóndeme».

Angustiada, lloré sin recibir respuesta alguna, así que caminé a mi casillero para guardar las pastillas, abrí la pequeña puerta de metal que estaba sin candado y para mi sorpresa encontré mi radio y una carta escrita en papel de pentagramas. —Isabel interrumpe su relato e interroga. —Mi amor, ¿recuerdas todo lo que escribiste en aquel papel?

—En realidad, no —confiesa Carlos—, solo recuerdo que ya me iba a casa, entonces, como si una voz del cielo me dictase al oído, las palabras llegaron y comencé a escribir en mi libreta de música. La sensación fue extraña, como si se tratara de una composición crucial... Algo de vida o muerte. Ha pasado tanto tiempo que no logro recordar lo que escribí, excepto que te daba gracias por prestarme aquel viejo aparato de radio. —contestó con sinceridad.

—Amor, te voy a leer cada palabra que escribiste, la escaneé y guardé aquí en mi computadora, ¡te vas a sorprender!

"Miss,

Los días en el hospital pasaron deprisa y echándola de menos pregunté por usted, entonces me comunicaron la triste noticia del fallecimiento de su mamá. Aunque adolorido la mayor parte del tiempo y en ocasiones aturdido, separé momentos para orar por su familia. No la conozco, aunque sé cómo debe sentirse, yo también perdí a mi padre en el momento cuando más lo necesitaba. Todo tipo de pensamientos negativos llegaron a mi mente, pero Dios siempre abrió camino en medio de la crisis. Comprendí que las heridas del corazón poco a poco sanarían.

Con todo el respeto, le confieso, que el día en que desperté de mi trastorno, al verla frente a mí, pensé que estaba en el cielo, su dulzura y hermosa sonrisa me devolvieron a la vida. Sí, la vida que casi pierdo en un abrir y cerrar de ojos.

Le puedo garantizar que en los momentos más oscuros del ser humano es cuando Dios más cerca está de uno. Miss, no lo dude, Él la ama y nunca la defraudará. ¡Yo sé lo que le digo! Valore todo lo que Dios le ha regalado y siga salvando vidas con esa maravillosa sonrisa.

No sé si alguna vez volveré a verla, pero gracias por su ayuda.

¡Aaah, casi lo olvido!, aquí le devuelvo su radio, no deje de escuchar buena música y palabra de vida, le hará bien a su alma.

Cordialmente,
Carlos Enrique

Isabel mantiene unos segundos más la mirada sobre el monitor. Carlos fija sus ojos en un punto indefinido, evocando aquel momento.

—Quedé pasmada ante el trato de Dios conmigo —dice ella finalmente—. Pasé muchos días llorando y pensando lo cerca que estuve de arruinarlo todo. Él transformó mi conducta al instante, me perdonó y salvó. Entonces, en agradecimiento, decidí prepararme y recorrer el camino de la medicina hasta convertirme en neuróloga. Con ello honré la memoria de mamá. –se acercó al silencioso espectador—. En cuanto a ti, yo estaba segura de que un día volvería a encontrarte, y así fue. Han pasado trece años desde aquel primer encuentro. –abrió sus brazos y se rió a carcajadas. —Te amo Carlos, te amo.

Se fundieron en un abrazo mientras la risa daba lugar a lágrimas de puro gozo. Dios cuidó de ellos y los bendijo, les preparó un maravilloso futuro donde juntos se deleitaron, crecieron y aprendieron que Sus obras son incomparables, justas y perfectas.

Esa misma noche, cuando todos dormían, inspirado en lo acontecido, Carlos tomó su Cuaderno de Promesas y escribió una canción que supone el cofre que custodia una gran enseñanza.

Difícil se hace a veces el camino,
cansado de caer y tropezar.
Queriendo hallar respuesta a las preguntas, no las tienes, dices:
¿Dios, en dónde estás?

Es en medio del silencio, donde debes descansar,
Comprender que es en su tiempo, aceptar su voluntad.

Esperar en ti, saber que tienes el control,
Y lo que has preparado para mí, será mucho mejor que lo anterior.
Esperar en ti, en tu mano fuerte confiaré,
Y al final me regocijaré en ti, el Dios de mi salvación.

Quizás estás orando por un hijo, tal vez estás pidiendo sanidad,
Lo que en el corazón has anhelado,
ciertamente el Padre lo concederá...

Al año siguiente la familia se extendió y con ello llegó un cambio de vida, en especial para Carlos. Dos hermosas niñas decoraron aquel hogar llenándolo de ruido, actividad y sobre todo de risa. Eran como incansables mariposas que no cesaban de revolotear en su mente, llenándola de luz todo el día.

Pero de la mano de tanto gozo y éxito, llegó también la actividad imparable, y un hombre sobreocupado puede desenfocarse y perder fácilmente su norte. En la vida existen muchas cosas buenas pero hay tres asuntos fundamentales para alcanzar la felicidad: amar a Dios sobre todas las cosas, valorar la familia, regalo divino y servir al mundo con un propósito de vida.

¿Será posible que algunas cosas buenas, se conviertan en obstáculos un día? Alguien dijo que por cada cien hombres que soportan la adversidad, solo uno soporta la prosperidad. Es momento de tomar decisiones correctas y esperar en Dios.

Capítulo 11

HACER LO CORRECTO,
ES LO CORRECTO

Fe

«Postrado frente a la obra de sus manos reconozco que todo lo que soy y algún día seré depende absolutamente de él».

Ricky

La habitación permanecía en total oscuridad, aunque afuera se escuchaba el trino de mil aves, advirtiendo que había despertado un nuevo día. Los cortinajes de algodón estaban abatidos, cubriendo las cristaleras que se asomaban al inmenso Océano Atlántico, e impidiendo que la luz se filtrase. De ese modo mitigaban el cansancio y el creciente malestar de cabeza que acosaba a Carlos.

Apenas durmió la noche anterior, pues el espectáculo musical se extendió más de lo acostumbrado y después un montón de fans lo asedió para tomarse fotografías y solicitar autógrafos. Por más agotado que estuviera, Rossi siempre quiso mostrar cercanía y cordialidad con sus seguidores, consciente de que a ellos les debía estar donde estaba. Pero todo eso pasaba factura. El éxito, la popularidad y la venta de discos y taquillas, no eran algo casual ni arbitrario, sino que implicaba entrega y mucho esfuerzo, y cada vez era más evidente que el precio a pagar podía ser muy alto. Las frecuentes giras, la constante pérdida de sueño y la irritabilidad que todo ello le producía, empezaron a convertirse en amenazas para su relación matrimonial.

En medio de la confusión mental que le invadía, intentó levantarse de la cama y vencer el desánimo que lenta, pero pesadamente, abatía su vida. Un silencio inusual se había asentado en cada rincón de la lujosa suite, aun así las carcajadas y travesuras de las pequeñas princesas resonaban en su mente.

Carlos era un excelente esposo y un padre ejemplar, proveedor de las necesidades de su familia, sin embargo, en ocasiones especiales su ausencia era notoria. Rossi carecía de fuerza de voluntad para rechazar las invitaciones de amigos músicos y promotores de eventos, en vez de concluir con un simple: «Me encantaría, pero no puedo».

La respuesta amable calma la tempestad

Una mañana, cuando las niñas no estaban en casa, surgieron asperezas entre ambos; él defendía firmemente su postura y ella, sin aflojar, reivindicaba su posición.

—Carlos, ¿cómo es posible que hayas olvidado la promoción de grado de las nenas?, son pocas las veces que estás con nosotras —le cuestionaba Isabel respetuosamente—. Te pedí que separarás el fin de semana para compartir en familia, pero acabo de ver una promoción en las redes sociales donde dicen que estarás presentándote en Puerto Rico, por lo menos debiste avisarme —su voz se quebró ante tal desilusión.

—Isa, disculpa —rogó Carlos—, lo olvidé por completo. En realidad es un intercambio, el evento se vendió a capacidad, ¿cómo crees que luciría si ahora les llamo para cancelar? —sonó un tanto egoísta, pero era verdad.

—Creo que la verdadera pregunta es otra —replicó Isabel-: ¿Te has preguntado cómo se sentirán tus hijas al no ver a su papá en la actividad escolar? —intentaba hacerle razonar, por eso añadió-: Ellas te esperan cada día para jugar y compartir contigo, pero tú no llegas hasta tarde en la noche —confesó con tristeza—. Carlos, les rompes el corazón cada vez que prefieres asociarte con personas de dudosa reputación, en vez de estar aquí —lo siguiente sonó determinante-: Tu llamado está en juego y tu familia también.

Carlos sabía que su esposa le hablaba con el corazón en las manos, no obstante, se le hacía difícil reconocer su descuido.

—Ellas de seguro lo entenderán —dijo. ¡Haré todo lo posible para reponer ese momento, lo prometo!

—No lo harás... ese instante jamás se recuperará —respondió Isabel con firmeza.

Como alguien dijo, las palabras son enanos, las acciones son gigantes. Entre tantos compromisos y situaciones olvidó que lo más valioso que tenía no era su carrera musical, sino el tiempo para estar presente en la vida de su familia. Dicen que construir un imperio y levantar sus fortalezas toma años, así como Roma tuvo su momento de gloria y cayó, los esfuerzos de toda una vida también pueden desaparecer en un abrir y cerrar de ojos.

Isabel, queriendo apaciguar la situación, usó palabras de sabiduría.

—Mi amor, mírame... Carla y Rocío te necesitan y yo también; nunca olvides cuan significativo eres en nuestras vidas —le expresó con ternura—. No puedes andar comprometiéndote con el mundo mientras aquí en casa nos haces falta. Por favor, en otra ocasión no cierres un compromiso sin que antes hablemos —lo arropó con sus brazos—. Ve tranquilo, yo resuelvo la situación, le diré a las niñas que luego papá preparará alguna sorpresa... ¡Te ruego que no les falles!

La voz de su amada esposa resonaba en sus adentros lo bendecido que era, la jugada decisiva estaba de su lado, solo faltaba actuar. En ocasiones le aterraba la idea de terminar solitario, como tantos músicos colegas del escenario que prefirieron la fama, las fiestas y el reconocimiento de los demás, antes que valorar sus familias. Carlos fue alzado entre tantos y luego bendecido con esposa e hijas, tal como un día lo escribió en su cuaderno de promesas: «Te pondré en alto y plantaré tus pies en tierra buena donde te ensancharás como un gran árbol, entonces te bendeciré con frutos».

Es cierto que en la vida hay cosas importantes, muchas otras necesarias, pero están aquellas valiosas que le dan sentido a la existencia del hombre, ese puñado de tesoros que vale la pena custodiar, porque han costado lágrimas, esfuerzos e incluso pérdidas. Vivir desenfocado puede tornarse en una catástrofe, arriesgando todo aquello que Dios puso a la disposición de uno. Las cosas buenas de la vida un día serán noticia, ninguna cosa material perdurará para siempre, ¿por qué afanarse...?

En un profundo embeleso recordó un consejo de su Mejor Amigo: «Porque todo el que quiera salvar su vida, la perderá; y todo el que pierda su vida por causa de mí, la hallará. Porque ¿de qué le sirve a uno ganarse todo el mundo, si pierde su alma? ¿O qué puede dar uno a cambio de su alma?».

El momento oportuno

Carlos, imbuido en todas esas reflexiones, se levantó de la cama, muy conmovido, y se apresuró a correr las cortinas para que la luz del día inundase la habitación; necesitaba que las sombras se desterraran. Abrió las puertas de cristal y a la altura del cielo azul se encontró frente a una magistral obra, pinceladas del Creador. La radiante energía del sol dio a su rostro una cálida caricia y la suave brisa del mar revolvió su cabello. Entretejido en el bramido de las olas, la sublime melodía de un saxo se alzó para entonar una alabanza: «Cuan grande es Dios». El escenario era impresionante; un manto azul turquesa, a lo lejos, se fundía con el cielo y sobre una colina de esmeraldas descansaba una antigua fortaleza, el viejo faro que custodiaba la inmensidad del océano. Carlos se llenó de esperanza.

Era el momento oportuno para propiciar una reconciliación con Dios, consigo mismo y con su familia. Entonces frente a aquella grandeza se postró, levantó sus manos y dio gracias.

Aprovechando el entusiasmo que lo envolvía, regresó a la habitación para hacer una importante llamada. De inmediato activó su teléfono y marcó el número de su mujer, necesitaba hablar con Isabel; en cuanto escuchó su voz exclamó:

—¡Cariño, te amo! —su corazón palpitaba a gran velocidad.

—Mi amor, yo también te amo, pero... ¿Estás bien?, ¿te ocurre algo? —respondió asombrada.

—Isa, quiero pedirte perdón por los malos ratos que recientemente te he causado, ustedes son lo que más amo en esta vida y perderlas sería mi ruina. —manifestó sin vacilar. —Te confieso, fui un tonto al ocuparme de cosas temporales para ganarme el reconocimiento de personas a quienes no les importo, y a ustedes, a ustedes las he defraudado por completo–. Soltó el peso que tanto lo aquejaba.

—Mi amor, necesitaba escucharte —la voz de su esposa sonaba conmovida, sus palabras la llenaron de paz. —¡No sé que haría sin ti!

—Cariño, mañana estaré de regreso —aseguró Carlos—, tenemos un diálogo pendiente, verás que todo se resuelve.

No hay nada mejor que decir las cosas cuando todavía existe la oportunidad de rectificar una conducta inapropiada. El amor no deja de luchar, sino que hace maravillas en aquellos que se lo permiten. En ocasiones adversas el verdadero amor se engrandece para echar fuera el temor. Carlos lo ignora, pero está muy cerca de ser probado como el oro una vez más... A decir verdad, él es consciente de que algo en su cuerpo no funciona como debiera; hay síntomas que desde hace tiempo le generan alarma, pero no quiere inquietar a su familia, por eso lleva a solas y en silencio su preocupación.

Nunca antes había estado tan deseoso de culminar una gira y regresar al hogar, y eso a pesar de que los conciertos que ahora lo ocupaban eran solo de fin de semana.

Una prueba de fuego

Esa misma noche, Carlos se presentó frente a una audiencia eufórica que lo recibió con aclamaciones, como si de un rey se tratara. Pero pronto fue evidente que su actuación al piano distaba mucho de ser la habitual... Rossi supo que algo andaba mal, y pronto la masa de oyentes también lo percibió. Lo siguiente discurrió de forma tan rápida como sorpresiva: sus manos quedaron sin fuerza, casi inertes, a la misma vez que todo el escenario parecía girar como una noria y un dolor de cabeza fulminante terminó por hacerlo desplomarse, quedando tendido sobre la tarima. El caos invadió aquel lugar, mientras el músico, tendido en el suelo, solo acertó a pronunciar, a modo de clamor, el nombre de su Mejor Amigo: ¡Jesús...! Enseguida quedó inconsciente mientras la herida abierta en su cabeza, a causa del golpe recibido al caer, no cesaba de sangrar.

Mucho tiempo había pasado desde el aterrador accidente de automóvil que Carlos padeció. En aquel entonces los doctores advirtieron a su madre de la posibilidad de que, con el pasar de los años, su salud pudiera verse afectada por los graves traumas que sufrió. Uno de los especialistas explicó: «Gracias a su edad y a su buena condición física, la recuperación de Carlos será rápida y sin riesgos ni complicaciones en la actualidad, pero no queremos dejar de advertir que con los años es probable que su cuerpo, que tiene memoria, presente dificultades severas que por ahora son impredecibles. Por eso recomendamos mucha precaución y revisiones médicas frecuentes».

Ese diagnóstico era uno de los grandes temores de Carlos, sin embargo, y a pesar del conflicto que se desencadenaba en la mente, su esperanza estaba puesta en las palabras de su Mejor Amigo: «En el mundo tendrás aflicciones pero no temas, yo he vencido».

Un especialista en la sala

Enseguida fue atendido por un escuadrón de doctores especializados y enfermeras que descubrieron que lo menos grave era el sangrado externo de su cabeza a causa del golpe... Lo peor era el sangrado interno, provocado por un aneurisma cerebral, y que fue la causa de su caída y posterior desvanecimiento. Con una agilidad encomiable, los especialistas hacían todo lo posible para estabilizarlo y minimizar los daños causados por el sangrado en su cabeza, Carlos permanecía inconsciente en una sala de intensivo. El panorama era preocupante, su estado era grave.

—Su condición es de cuidado, tenemos que hacer todo lo posible para detener el sangrado —indicaba el doctor jefe a su equipo.

—Este hombre tuvo suerte al estar cerca de nuestra clínica, no iba a sobrevivir el traslado dificultoso hasta el Centro Médico —comentó una enfermera.

—¿Es que no distinguen quién es? —dijo, asombrada, una de las auxiliares—. ¿Acaso no lo conocen? Es Carlos Rossi, el esposo de la Dra. Villanueva, la fundadora de esta clínica. Él fue quien integró el concepto de música instrumental, en las salas de esta institución.

Isabel había levantado, bastante tiempo atrás, la clínica de atención neurológica con la que tanto había soñado. La estableció en Hatillo, como siempre quiso. Luego, acusando la carga emocional y siendo consciente de que sus responsabilidades como esposa y madre eran prioridad, se hizo a un lado y dejó en manos de grandes profesionales la gestión del hospital.

—Entonces pidamos a Dios que nos ilumine con Su sabiduría para salvarle la vida a su marido —indicó el doctor a cargo de Carlos Rossi.

El milagro por el cual muchas personas oraron tocó a la puerta de Carlos y Dios le devolvió la vida…

A mal tiempo, buena música

Esa misma madrugada Isabel viajó a la isla para encontrarse con su amado, en esta ocasión no como especialista en neurología, sino como una mujer de fortaleza, ayuda idónea y de fe inconmovible, conocedora de los inexplicables propósitos de Dios.

Carlos comenzó a despertar lentamente de la intervención. En tanto volvía en sí, se deleitó en la música que, con suavidad, sonaba en la sala *Recovery*. La encantadora melodía estimulaba todos sus sentidos. Fue terapéutico despertar al son de tan excelente interpretación. Inmediatamente que recuperó un ápice de lucidez, descubrió que no estaba solo.

—Mi amor, cuánto te ama el Señor —afirmó Isabel, mientras acariciaba con dulzura las manos de su esposo.

—¿Entonces no fue mi final, no estoy en el cielo? –preguntó con un tono jocoso y, como siempre, optimista.

—No estás en el cielo, cariño, todavía no llegó tu hora…

—¿Y esa música? —inquirió—. ¿Desde cuándo ponen música en un hospital? —aguzó el oído—. La melodía me parece conocida.

—Esa música es la de tu último disco: «*Donde todo comenzó*» —le respondió Isabel con una hermosa sonrisa—. Pedí a las enfermeras que la pusieran —incrementó la sonrisa—. Te servirá de terapia, ya verás.

—Isa, me siento como cuando por primera vez te vi, allí donde todo comenzó… Un momento difícil, pero que valió la pena… —las palabras rezuman gratitud.

—Mi amor, Dios es demasiado bueno con nosotros —guardó un instante de silencio cargado de aprensión, y luego reconoció-: De ahora en adelante las cosas serán algo diferentes, pero descuida, yo velaré por ti. Te cuidaré, y juntos superaremos esta prueba —palabras acertadas, propias de una fiel compañera, promesa de Dios.

—Sé que las cosas serán ya siempre diferentes... Y tuve temor de confesarte mi preocupación —hay temblor en su voz—, Dios sabe que no quise cargarte con mi pesada cruz, pero estoy tan agradecido por haberte cruzado en mi camino. A pesar de esta calamidad, sigues a mi lado...

—Carlos Enrique, Dios hace todas las cosas perfectas y buenas... Mi amor no está condicionado por las circunstancias, prometí estar contigo en las buenas y en las malas, y siempre estaré a tu lado.

Capítulo 12

NO FUE SU FINAL, SINO UN NUEVO COMIENZO

Esperanza

*«Cierra la puerta tras de ti y camina hacia
donde yo te diré…»*

Su Mejor Amigo

Volviendo en sí, tras evocar los eventos que fueron forjando su carácter, Carlos valora lo extraordinariamente bueno que Dios ha sido con él. Su esposa es una maravillosa mujer que ha cumplido todas sus promesas, sus hijas suponen su mayor inspiración, y a su alrededor siempre cuenta con un grupo de hermosas personas que añaden valor y sentido a su vida. Todos ellos aguardan en la sala de conciertos, la salida del intérprete. ¡Carlos Rossi es un hombre bienaventurado!

Es un concierto con sabor a despedida, pues supone el final de su carrera musical activa, y para esta ocasión lleva consigo el Cuaderno de Promesas, la evidencia de una trayectoria transformadora que ha dejado marcas imborrables en su alma y en su cuerpo.

Una suave brisa se filtra en el cálido camerino indicándole que alguien abrió la puerta. Es su asistente:

—¡Señor Rossi, llegó la hora de regresar a la tarima! —exclama Gabriela con entusiasmo. —¿Está usted listo? —pregunta la eficaz asistente.

—¡Sí, Gabriela, lo estoy! —afirma sin titubeos.

A la distancia se escucha la multitud que, esperando su aparición, aclama con energía y exaltación. Dios lo ha puesto en alto y lo estima en gran manera, por eso ocurren cosas maravillosas en ese lugar. ¡Y aún faltan cosas por suceder!

Superando las adversidades

Abrir camino en medio de la crisis cuesta lágrimas y esfuerzos. No es nada fácil levantarse del polvo, alcanzar la victoria, para luego tener que renunciar a todo. Carlos tiene la certeza que aun en medio de las pérdidas hay ganancias, es cuestión de actitud. Él conoce que Dios valora la obediencia por encima de los muchos sacrificios; su prioridad está definida y bien planificada.

Habrás de recordar que el ser humano tiene sus temporadas, cada una de ellas dispone de momentos inolvidables que formarán y transformarán a uno para cumplir un propósito determinado en la tierra. Lo mejor para un hombre y una mujer es conocer sus tiempos; es importante saber sembrar y cosechar, aprender y adiestrar, ganar y repartir, iniciar y culminar. La satisfacción y el contentamiento de una persona está en deleitarse en los procesos de cada temporada, ninguna es eterna, todas pasarán.

En el eco de esas reflexiones se vislumbra una emotiva composición...

Carlos Rossi ocupa su lugar frente al piano de cola, y su experta banda aguarda su señal, el inmenso telón se interpone como una pared entre ambas partes del monumental Coliseo. Al otro lado, el ávido público mantiene ahora un expectante silencio; se acerca la última interpretación, la conclusión de una gran historia...

Una canción que resurge para vida

Una nube de humo cobija la tarima y en un parpadear se ilumina el escenario con hermosos colores; ante todos, Carlos Rossi y sus músicos, en esta ocasión acompañados de un numeroso grupo de niños y jóvenes estudiantes de música. Algunos alumnos ocupan las plataformas del orfeón y otros, las principales sillas de la orquesta sinfónica.

Escuchar las voces blancas de tantos pequeños, liderados con pasión por una generación de consagrados cantantes, supone una experiencia única. Los veteranos de la orquesta sinfónica, se sumergen en una melódica conversación con los jóvenes intérpretes. ¡En verdad es un maravilloso preludio musical!

Ahora Carlos comienza a entonar con todas sus fuerzas la canción que escribió en medio de su crisis emocional y del sufrimiento físico. En aquel cuarto de hospital, donde conoció a su amada Isabel, nació una alabanza que encierra las palabras de cuantos en algún momento cayeron pero reconocen que el pavimento no es su lugar de destino. Las dificultades son temporales y necesarias pero la misericordia de Dios es para siempre.

Aunque ande por el valle de la muerte,
   conmigo ha prometido estar,
aunque el viento y la tormenta
soplen fuerte no temo,
su mano me sostendrá.

Cuando el mal haya pasado,
todo atrás habrá quedado,
nuevamente el sol saldrá.
Cuando el mal haya pasado,
todo atrás habrá quedado,
volveré a comenzar.

Me levantaré, confiado porque
Dios me dará fuerzas.
Me levantaré, no importa
cuánto tenga que esperar.
Caminaré, no temeré, no dudaré.
Él me lleva de la mano, yo me levantaré

Yo no olvido sus promesas, sus palabras,
si él dijo, yo sé que lo cumplirá.
Miraré a las estrellas, las montañas,
me sustenta, nada me faltará.

No he visto justo quedar desamparado,
ni su simiente que mendigue pan.
Él abre paso donde parece imposible,
ha prometido conmigo estar, me levantaré.

Un mar de sensaciones conducen a algunos fans a elevar canción, otros aplauden con alegría, muchos suspiran sin ocultar sus lágrimas y otros solo sueñan con una oportunidad como esa: «¿Cuándo llegará mi momento...?»

La música de Carlos genera un vínculo espiritual entre el intérprete y el público; es otro momento especial donde la Presencia de Dios se manifiesta con libertad para realizar grandes milagros. Resistirse a dicha autoridad no es una alternativa, observa, hasta los incrédulos son conmovidos al experimentar lo que tanto niegan. La presencia que recorre la sala del Radio City Hall origina en los corazones, la confianza, la paz y el amor del Todopoderoso; esta es la razón por la que los conciertos de Carlos son distintos a los demás.

Muchos "influencers" promueven confusión en sus seguidores, pero Carlos Rossi es diferente, en su contenido difunde libertad para el alma y salud para el espíritu.

La magistral obra finaliza con una clara sensación de triunfo, el público celebra el impresionante cierre musical dedicando a Carlos Rossi y a su elenco, una emotiva ovación. En la abarrotada tarima se aprecia un cuadro de felicidad sin igual, dos generaciones se acoplan para resaltar el respeto mutuo, los valores y promover la unidad. El maestro Carlos entiende que el bienestar del mañana se comienza a propiciar desde el presente.

Los músicos y sus discípulos se funden en abrazos, los cantantes sonríen de satisfacción. El equipo de producción ha logrado su cometido, la función de la noche ha sido todo un éxito. La gira «Donde todo Comenzó» dejará una huella imborrable en cada uno de los asistentes.

Carlos, en silencio, paladea la escena. La gente desconoce que el artista visualizó en su mente el gran concierto mucho antes de este día, tal como lo escribió en su Cuaderno de Promesas: «Existen dos maneras de ver:

La primera es un sentido natural, se llama vista, con los ojos veo todo aquello que me rodea. Asimismo existe un sentido sobrenatural, se llama visión, radica en la mente y el corazón, su poder me transporta más allá de mi realidad, con ella veo el futuro extraordinario que Dios diseñó para mí, su fuerza radica en la fe». Carlos soñó con este momento, su concierto de despedida, otra promesa cumplida, gracias a Dios y al increíble grupo de personas que siempre lo han apoyado.

El gran cierre

La tarima queda a oscuras por una fracción de minuto, el público entero aguarda en silencio, mientras una sensación de nostalgia invade los corazones de quienes saben que están a punto de presenciar un adiós. No solo es el final de un espectacular concierto, sino la despedida definitiva de quien fue lumbrera en la vida de varias generaciones.

Sin previo aviso, un cuchillo de luz rasga la breve oscuridad deteniéndose en el centro del escenario donde Carlos Rossi permanece quieto y pensativo... sobre su silla de ruedas. Ese asiento ortopédico que hace años se convirtió en su perenne domicilio. Aquella fatídica noche... Aquel grave accidente de automóvil, cambió su vida para siempre. Severos daños neurológicos estuvieron a punto de terminar con su vida.

Sobrevivió, pero nunca más pudo volver a caminar.

Al instante, los fans que abarrotan el lugar se levantan de sus asientos y rinden un conmovedor aplauso al protagonista de la noche, un hombre humilde que permanece sonriente ante la multitud. Mientras aguarda para pronunciar sus últimas palabras, resuena en su memoria la noche del veintinueve de enero del año dos mil, una fecha que marcó su vida y forjó un nuevo comienzo. Precisamente veintidós años después...

—El tiempo no me alcanzaría para agradecerles por hacer de esta, una noche inolvidable. —su vista recorre pausadamente toda la sala, siente gran satisfacción—. No quisiera culminar esta gala sin antes compartirles tres consejos finales; siembren cada uno en tierra fértil, para que un día recolecten frutos deliciosos de ellos, son pensamientos de vida abundante y salvación.

Consejos finales

Carlos sostiene en las manos su Cuaderno de Promesas; es sorprendente ver que durante más de dos décadas de constante escritura, las páginas del valioso cuaderno parecen no acabarse. Innumerables enseñanzas y experiencias se atesoran entre las dos tapas del libro rojo, que ha latido durante tantos años, aun cuando en ocasiones pudo haberse echado a perder por completo.

La multitud aguarda expectante.

—Un día como hoy, atravesé la crisis más desafiante de mi vida... un suceso traumático que Dios utilizó para acercarse nuevamente a mí y mostrarme Su Amor, ¡justo cuando más lo necesitaba! Yo no sabía que todo era parte de un plan perfecto, pero algo grande Dios quería hacer conmigo —el silencio es máximo, evidenciando la atención que los miles de fans dispensan al músico y ahora consejero—. ¿Qué quiero decir con este primer consejo? Sencillo… Dios te creó para que estés unido a Él. Debes descubrir el talento que guardas en tu interior, dedícale tus mejores años y perfecciónalo, úsalo para exaltar al Creador. Con el pasar del tiempo serás próspero y tu trabajo dará buen fruto. —señala con su dedo una de las páginas del cuaderno y cita a su Mejor Amigo: —«Carlos, a los que usan bien lo que se les da, se les dará aún más y tendrán en abundancia; pero a los que no hacen nada se les *quitará aún lo poco que tienen*». Amigos míos, la música me salvó la vida… Si descubres quién eres, con una simple idea podrás cambiar el rumbo de tu vida. Créeme, tu talento te abrirá puertas que nunca imaginaste.

Carlos se hizo valioso para los demás, no tan solo por su trabajo, sino convirtiéndose en una mejor persona, un hombre de valor, proceso que le tomó años alcanzar. El desarrollo integral de un individuo se nutre de las relaciones familiares, círculos de amistades, mentores y gente de buena influencia, pero mayor que todas, es la relación con Dios.

El éxito de Carlos está unido a su filosofía de vida y su manera de pensamiento.

El maestro continúa con el discurso y les regala el segundo consejo:

—Todo comienza y termina con influencia y liderazgo. ¡Elige sabiamente a tus amigos! Un "amigo" casual lo consigues a la vuelta de la esquina o en una red social, pero un amigo de verdad sobresale de entre diez mil que pretenden serlo —Carlos conoce, en esencia el valor de una fiel amistad—. Te ruego que huyas de las personas de doble ánimo, porque terminarás como ellos; en cambio, consulta a los sensatos y a los de intachable reputación, te aseguro encontrarás el conocimiento. —les habla como un padre amoroso a su hijo—. No seas un simple espectador, dedícate al estudio de las cosas que deseas y pide recomendaciones a los expertos. Además, observa al mediocre, para que no caigas en sus prácticas de error —el consejo es tan melódico como su música, una vez más se refiere a su cuaderno—. En una época fui un tonto, solo pensaba en mi beneficio y en nadie más, entonces mi Mejor Amigo me amonestó:

«Carlos, no solo de alimentos vive la gente; también necesitas obedecer lo que Dios habla, Su Palabra es provisión para tu necesidad». Fue entonces cuando comprendí que para triunfar necesitaba obedecer, necesitaba conocer a Dios; desarrollar una relación con el Creador me transformó en un hombre de valor y un embajador del cielo –la audiencia está sumergida en un profundo estado de introspección—. Joven, yo también lo fui, por eso puedo pedirte: emplea tu tiempo, recursos y esfuerzos en tu autodesarrollo, conviértete en un buen amigo para otros, con el pasar de los años te harás una persona valiosa, entonces Dios te pondrá en alto, no estarás delante de personas sin importancia. Serás cabeza y no cola…

Carlos ha escrito la historia de su vida en el Cuaderno de Promesas; claramente hay episodios de inesperadas desilusiones, pero asimismo hay momentos de grandiosas satisfacciones. Su último consejo es breve y preciso, solo resta una cosa:

—Alumbra el camino de quienes te rodean; sé un faro en medio de la oscuridad de los demás. Escúchame, brilla en todo momento y en todo lugar, sin importar lo que pueda estar pasando a tu alrededor —él mismo ha llegado a ese nivel de realización—. Mi Mejor Amigo siempre me guía con su luz de amor, permíteme obsequiarte otra de sus citas:

«Carlos, de la misma manera, deja que tus buenas acciones brillen a la vista de todos, para que todos alaben al Padre celestial». No hay mayor satisfacción que liderar con el buen ejemplo, conducir a otros a su realización personal y saber que en todo momento hiciste lo correcto.

En resumidas, Carlos amonesta al público para que encuentren el propósito de sus vidas, les pide que inviertan tiempo y esfuerzos en el desarrollo personal y finalmente les exhorta a dedicarse al servicio de los demás. Para lograr estas tareas, el músico y ahora maestro, aconseja fomentar relaciones de calidad; él mismo reconoce que no habría avanzado a la victoria sin las lecciones de su Mejor Amigo.

Carlos es el vivo ejemplo de un valeroso luchador. No es perfecto, dista mucho de serlo. Tuvo sus temporadas de triunfo y sus temporadas de miseria, sin embargo, ha sabido dar gracias por todo y en todo, como dijera un gran apóstol: «Cristo me da fuerzas para enfrentarme a toda clase de situaciones».

El Mejor Amigo de Carlos Rossi es compasivo y misericordioso, es quien lo levanta en los momentos de dificultad… ¡Él es su refugio, su fortaleza y su consolador! Siempre lo ha sido, y siempre lo será…

Carlos concluye diciendo:

—Como ven, soy un hombre imperfecto, mírenme bien, tal cual soy… —señala con tranquilidad—. Si ahora vivo, es por el amor de Jesús, mi Mejor Amigo, mi salvador —confiesa con total convicción—. Él me ayudó a superar grandes obstáculos. ¿Saben?, el más insignificante de todos se nota a simple vista… —el público reconoce su valor, su ánimo es de admirar—. Notarán que no puedo caminar, por eso descanso en esta silla de ruedas; pero, aunque estoy impedido de ambas piernas, recorro el mundo por el don de mis manos —las muestra al público y continua en su discurso—. Soy un hombre agradecido, porque todavía puedo extraer música del piano, sentado frente a mi instrumento; la limitación que intentó aniquilarme, se desvanece ante todos —la sonrisa del músico enciendo mil luces en el auditorio—. Les confieso que el mayor de mis obstáculos siempre fue la duda… ese sentimiento paralizaba mi mente, me impedía avanzar a mi destino, me amenazaba sin tregua alguna —el mensaje sigue permeando las almas necesitadas—. Prefiero vivir aferrado a una silla —se agarra a los brazos de su asiento ortopédico para recalcarlo—, cumpliendo mi deber en la tierra, que tener la capacidad de caminar, incluso de volar, pero lejos del maravilloso propósito de Dios.

Su Mejor Amigo es quien lo sostiene, lo anima e inspira a continuar hacia nuevas sendas.

—Jesús me enseñó que no hay adversidades que duren para siempre, sino que cada una se convierte en una oportunidad para exaltar el Nombre de Dios. ¡Jesús me rescató y quiere hacerlo contigo también, él quiere ser tu amigo, desea que le des una oportunidad!

Carlos recurre una vez más el Cuaderno de Promesas y expresa sus últimas palabras.

—Hoy me despido, debo confesar que con nostalgia, aunque convencido de que siempre os di lo mejor de mí, fui un servidor y una pequeña lumbrera. Ahora me marcho porque siento un grandioso llamado… una voz que me insiste: «Si alguien quiere ser mi discípulo, tiene que negarse a sí mismo, tomar su cruz y seguirme». —Jesús lo llama al servicio ministerial—. Mi carrera musical quedará en el recuerdo de vosotros, mis seguidores. Un legado queda escrito y documentado para las futuras generaciones, será la evidencia que cantará a los cuatro vientos que no hay montaña tan alta que no pueda ser escalada, para la fe no existen imposibles —lágrimas, ahora sí, comienzan a deslizarse por sus mejillas.

Carlos Enrique Rossi cierra su discurso.

—Les ruego que anoten lo que les he comentado en su cuaderno de promesas, en las páginas de sus corazones, en el libro de la vida.

La multitud, de forma espontánea, irrumpe en un aplauso atronador que parece que será interminable, mientras el escenario se ilumina por completo y todos rinden una final ovación. Lágrimas y risas se mezclan, pues hay regocijo en cada uno de los familiares y amigos que acompañan a Carlos en la tarima, es otra promesa cumplida.

La ovación es atronadora, pero no lo suficiente como para apagar la voz que solo Carlos es capaz de escuchar... Un mensaje impregnado en autoridad, pero que exhala ternura en cada una de sus sílabas:

«No es el final —escucha el músico, y se conmueve al oírlo—, es un nuevo comienzo».

Epílogo

EL CUMPLIMIENTO DEL PLAN

Amor

«La mente es el timón, que nos dirige a cierto destino».
Ricky

Evidentemente, el tiempo no se detuvo a descansar y mucho menos planificó tomarse algunos días libres por cuestiones de enfermedad, no… el tiempo avanzó inexorable, y lo hizo a su acostumbrado y vertiginoso ritmo. De idéntica forma lo hizo Carlos Rossi. La naturaleza de su llamado era de carácter urgente e impostergable: «Ve y háblales de mí a todos los cargados y cansados, porque los días se tornan cada vez más difíciles. Yo seré la esperanza que transformará sus vidas vacías en vidas con propósitos» —así le dijo su Mejor Amigo.

No hay excusas, ni impedimentos, ni limitaciones para quienes determinan cumplir una encomienda tan especial como esta. La silla ortopédica en la que Rossi cabalgaba era el argumento perfecto que persuadía a quienes trataban de justificar sus miserables vidas. Dicen —y Carlos Rossi lo creía firmemente— que no existe cosa externa capaz de invalidar el cumplimiento de una promesa de Dios; solo la duda hospedada en mi mente podrá convertirse en insalvable montaña entre mi propósito y yo.

En una ocasión, Jesús libertó a un joven que vivía oprimido por un espíritu maligno; sus discípulos le preguntaron la razón por la que ellos no habían podido expulsarlo. Jesús les respondió:

«Porque ustedes no confían en Dios. Les aseguro que si tuvieran una fe tan pequeña como un grano de mostaza, po-

drían ordenarle a esta montaña que se moviera de su lugar, y los obedecería. ¡Nada sería imposible para ustedes!» Estas palabras siguen tan vigentes como el día en que se pronunciaron.

Manos y corazón dispuestos para la obra

Fundamentado en este principio de la fe que agrada al Padre, la familia Rossi Villanueva comenzó a experimentar un nuevo trato de Dios en sus vidas. Aquellos que eran alcanzados por este ministerio familiar y su testimonio, descubrían el camino de regreso a casa y recibían el regalo de la gracia salvífica.

Carlos Enrique, Isabel y sus niñas, emprendieron su nueva tarea como servidores de Jesús y facilitadores del cielo; para muchas personas fueron un testimonio vivo de la grandeza de Dios. Ambos tenían tanto por lo que agradecer, ¡qué mejor que compartir con el mundo entero esa alegría inagotable!

Aun cuando su carrera artística pasó a un segundo plano, la figura del reconocido músico y sus canciones, siguieron influyendo en muchas personas. Sus conciertos, giras y producciones eran parte del recuerdo de un maravilloso pasado, el vestigio de una inolvidable temporada de asombrosos milagros.

A pesar de estar retirado de los eventos musicales y del mundo del espectáculo, Rossi siempre mantuvo buenas relaciones con personas clave en los medios de comunicación radial, así como en prensa y televisión.

Carlos valoraba las buenas oportunidades y como empresario exitoso tenía sus destrezas de persuasión, esa fue una planificada maniobra para seguir llevando el mensaje del Reino a las multitudes. En una ocasión un periodista interrogó a Carlos de la siguiente manera:

—Con todo el respeto que usted se merece, ¿cómo alguien después de haber experimentado la fama y el reconocimiento mundial, lo deja todo para destinar su tiempo y finanzas en personas que, según la sociedad, no tienen garantía para triunfar en la vida? Sin olvidar la severa limitación que padece en ambas piernas.

Carlos sonrió y con voz amable le dijo:

—¿Limitado, yo?, permíteme contarte una historia…

No fue su final

Desde niño, Carlitos vivió bajo la opresión del temor, la burla de la duda y el menosprecio de la inseguridad. Su hogar no fue aquel reducto de paz y armonía que muestran los clásicos del cine navideño, nada que ver..., allí reinaba un gran conflicto, era un campo de batallas emocionales y espirituales. El deterioro físico y espiritual de un hombre egoísta, maltratado por la vida y acusado por sus decisiones, no dejó severas cicatrices en la niñez de unos pequeños, carentes de la atención de un padre, sino que también trasquiló las esperanzas y los sueños de una fiel esposa, mujer trabajadora e incansable luchadora.

¿Entonces, cómo lograron Carlitos, su mamá y su hermano prevalecer ante tal angustia? En un cuarto de hospital, en el lecho de la muerte, Ricardo Rossi tuvo un momento final para el arrepentimiento, el trato de Dios con un alma afligida. Allí experimentó la misericordia divina y el perdón de su familia. Ese suceso milagroso, aunque triste por demás, les ayudó a recuperar, al menos en parte, su fe. Aunque en lo superficial se posaba un manto de confianza, en lo profundo quedaron algunas heridas que tardarían en sanar.

Carlos atesoró incontables palabras, algunas de gran ánimo e inspiración, pero otras obraban como aguijones letales para su alma. Con el transcurrir del tiempo adoptó una firme posición y resolvió: «Nunca más volveré a ser una víctima de las circunstancias a mi alrededor». Sin embargo, vivía guarecido tras una coraza impenetrable que le hacia imposible mostrar amor a los demás.

¡Qué difícil resulta amar para quien no se sintió amado!

Carlos buscaba protegerse de cuantos intentaban herirle, y lo hacía proyectándose prepotente y exhibiendo autosuficiencia, sin darse cuenta de que tal actitud suponía un grave error. Tendió una trampa en la que cayó él mismo, convirtiéndose en víctima de su propio orgullo, de sus prejuicios y del ladrón en su mente: la incredulidad.

Carlos, un joven brillante y talentoso, pero golpeado por la vida. Sus posibilidades de triunfar eran muy pocas... Tal vez ninguna. ¿Quién puede avanzar a un mejor destino con una carga de negatividad, sarcasmo, e ínfulas de superioridad? En realidad, nadie. Carlos estuvo a punto de convertirse en una burda copia de quien lo decepcionó cuando niño, de aquel que lastimó el corazón de su familia con indiferencia, del hombre que se marchó de su vida para siempre, dejando espantosas cicatrices.

Entonces hubo una divina conversación en el cielo, un trato de Dios para su vida: «Restauremos la vasija de Carlos; será un proceso doloroso pero repleto de amor. Una leve corrección es más que suficiente para acercarlo nuevamente al camino que diseñé para él, y si por algún descuido volviese a caer, con grandes dosis de amor volveré a levantarle».

El sufrimiento es un proceso que nadie desea atravesar, pero al final de todo laberinto, por oscuro y tenebroso que sea, siempre habrá una salida que conduzca a la verdadera luz y donde la esperanza entone a nuestro oído su deliciosa melodía de felicidad.

Con la ayuda de Dios, Carlos superó todas las desafiantes temporadas de aquellos inviernos del pasado, y como su Mejor Amigo declaró: «no olvides que en la vida vendrán aflicciones, pero no temas en lo absoluto… yo he vencido». Lo que se antojaba imposible para el hombre, fue fraguado mediante la fe, la determinación y la perseverancia.

Carlos e Isabel fueron un vivo ejemplo de superación para muchas personas cuyas vidas estaban marcadas por un pasado aterrador. Por la gracia de Dios se convirtieron en mensajeros de una confianza libertadora.

El Amor verdadero

El agradecimiento de ambos se transmutó en un acto de reciprocidad. Carlos evocó el episodio de bondad donde don Moncho tuvo a bien obsequiarle un instrumento musical en medio de un tiempo de incertidumbre; Isabel recordó como Dios utilizó la carta de un completo extraño para librarla del suicidio. Estos hechos aislados, pero predestinados por Dios, dieron vida a un hermoso proyecto comunitario.

Tras tocar las puertas del cielo buscando dirección, Dios los guio a un lugar donde se alzaba un gran árbol, sus fuertes ramas se extendían como alas de águila y bajo su sombra se sentía una frescura sin igual. Era la tierra prometida y allí nació «Unidos por la Música», una entidad que dedicó sus esfuerzos en orientar a niños y jóvenes con un llamado especial, en un proceso de superación, capacitación y liderazgo mediante la instrucción musical y el crecimiento personal.

Juntos levantaron una comunidad enfocada en un sueño: trasladar un legado celestial a quienes según el mundo carecen de esperanza y de futuro. Dios los bendijo en aquel lugar y fueron prósperos en todo lo que emprendieron. Esta fue una planificada táctica de Dios para persistir en su propósito absoluto: salvar vidas.

El tiempo siguió su curso, y un día sentado a la sombra del árbol de la promesa, Carlos, con su Cuaderno en mano, meditó en todo lo vivido.

—Llegó la hora de escribir una grandiosa historia —decidió bajo la frescura del recio árbol—: el relato de las cosas que tú, oh Dios, hiciste conmigo. Será, sin duda, un emotivo relato.

Otra promesa cumplida que ahora sostienes en tus manos...

Tampoco es tu final

Dios desea que alcances, tu máximo potencial;
llevas un gran regalo dentro de ti.
Recuerda las palabras claves en este libro:

Pensamientos › dirigen toda acción
Restauración › un proceso de sanidad
Oportunidades › momentos de bendición
Perdón › despoja de toda culpabilidad
Obstáculos › no faltarán en el camino
Sensatez › provee estabilidad emocional
Iniciativa › posee motivación propia
Transformación › aceptación del cambio
Optimismo › total seguridad de bienestar
Salvación › adquirida por Jescucristo

Que Dios te bendiga en abundancia, y te llene de:

Fe › confianza plena en Dios, el Padre
Esperanza › mejores tiempos han de llegar
Amor › el centro de toda inspiración